仁軒 金 德 一

Mobilel. 010-4007-8938
E-mail. kim3648938@daum.net
광주광역시 남구 화정로 280번길 17(월산동)

· 《신동아》 논픽션 공모 입선 (1978)
· 교단수기 『태양이 돋아나는 푸른 교정』 (1990)
· 월간 《한국시》 수필 당선 (1991)
· 계간 《창작수필》 신인상 당선 (1992)
· 수필집1 『혼자 두는 바둑』 (1995)
· 수필집2 『세수하나마나』 (1998)
· 한국공무원문학상 수필 부문 수상 (2001)
· 수필집3 『너의 길 나의 길』 (2004)
· 교단수상집 『일만육천일의 이데아』 (2004)
· 전라남도문학상 수필 부문 수상 (2006)
· 시수필집1 『내 고향은 천사의 섬』 (2013)
· 남도문학상 수상 (2015)
· 시수필집2 『시수필 이론과 실제』 (2017)
· 現 국제펜, 한국문협, 광주 · 전남문협, 신안문협
  창작수필, 광주수필회원, 계간 《동산문학》 편집위원

시수필의 이론과 실제

초판 1쇄 찍은 날 | 2017년 1월 5일
초판 1쇄 펴낸 날 | 2017년 1월 10일

지은이 | 김 덕 일
펴낸이 | 최 봉 석
디자인 | 남 지 연
펴낸곳 | 도서출판 해동
출판 등록 | 제05-01-0350호
주   소 | 광주광역시 동구 문화전당로 23(남동)
전   화 | (062)233-0803
팩   스 | (062)225-6792
이메일 | h-d7410@hanmail.net

값 12,000원
ISBN 979-11-5573-070-6 03810

한국문단 최초로 장르 융합을 모색한 시수필집

시와 수필을 통섭한 놀라운 발상

시수필
이론과 실제

김덕일 지음

글쓰기에 문외한이 글쓰기로 여생을 즐기고 있다는 것이 신기하기만 합니다. 돌이켜보면 55여 년 전 교단생활을 하면서 매일 기록했던 일기내용을 300매 원고지에 육필로 정리하여 논픽션 신동아 응모작으로 제출했었는데, 그것이 입선이 된바람에 지금까지 수필쓰기와 싸우고 있지 않을까하고 생각해 보기도 합니다.

(「태양이 돋아나는 푸른 교정」 1968.2. 신동아 등재)

수필에 등단한지 25년. 걸음마 시절에 수필 중간부분이나 말미에 시를 인용한 적이 많았었습니다. 문학 장르별 특징도 모르는 어처구니없는 시절이라고 회상되어 집니다.

어느 땐가 원로작가의 수필 작법을 경청하게 되었습니다. 그 분은 수필 속에 시를 삽입시키는 것은 삼가 하는 것이 좋다고 했습니다. 왜냐하면 수필의 순수성을 헤칠 뿐만이 아니라 주제가 흐려질 수 있다고 했습니다. 그 후로는 수필과 시는 출발점이 다른 논픽션과 픽션 임을 알고 수필에 시를 넣는 것을 삼가 해 오고 있었습니다.

하지만, 수필도 시화전이나 시 낭송회와 같이 대중들에게 쉽게 접근해 가면 좋을 것이라는 생각은 뇌리를 떠나지 않았습니다. 해서, 전라남도문인협회 연례행사로 시화전이 있을 때면 수필 한 소절을 적어 출품했었습니다. 그리고 세 번째 수필집을 기획할 때는 시집처럼 포켓용으로 만들면 수필도 대중에게 더욱 쉽게 접근될 수 있을 것이라고 생각되어져 그렇게 출판한 적이 있었습니다. 이 수필집은 책 크기만 줄였을 뿐 내용은 전통수필 그대로 였습니다. 그리고 글씨가 더 작아져 포켓용으로 실패작이 되고 말았습니다.

이러한 속마음을 알아준 듯 2009년 현대 수필에 연재된 안성수의 『수필 오디세이』에서 '시수필'이라는 낱말을 처음으로 접하게 되었습니다. 물고기가 물을 만난 듯 바로 앞으로의 수필은 이렇게 변해야 된다고 동감하면서 기뻐하였습니다. 그래서 퇴임 후 6년 동안 신안군을 면마다 답사하면서 수집했던 자료와 발표했던 전통수필을 '시수필'로 표현해 보자고 발버둥친지 4년. 지난 2013년 가을에 문학 장르 통합을 시도한 시수필집 『내 고향은 천사(1004)의 섬』을 세상에 내 놓았습니다.

그 해 안성수는 『한국 현대수필의 구조와 미학』(2013.11.수필과 비평사)을 출판 했습니다. 그리고 2년 후에는 『수필오디세이 Ⅰ,Ⅱ』 (2015. 2 수필과 비평사)를 발표 하였습니다. 그는 작가의 말에서 다음과 같이 들려주고 있습니다.

20여 년 동안 혼령처럼 자신을 괴롭힌 두 가지 질문은 '수필은 무엇인가?'와 '수필은 어떻게 써야하는가?'였다고 합니다. 그 근원적 답변들을 다양하게 들려준 것이 『수필오디세이 Ⅰ,Ⅱ』라는 것입니다. 그는 이 글들은 '수필 시학'의 서설에 해당하는 것들로 학계와 문단에 본격 논의를 요청하는 화두를 던진 셈이라고 했습니다.

이에 본 저자는 크게 환영하면서 『수필 오디세이 Ⅱ』의 제 23장에 수록된 "시수필의 개념과 창조전략"을 바탕으로 하여 『시수필의 이론과 실제』라는 책을 엮게 되었습니다.

제1부 시수필 이론 편에서는 한국수필의 이론을 고대로부터 지금까지 나름대로 고찰해 보았습니다. 그것을 태동시기, 정착시기, 재조명시기로 구분하였습니다.

그리고 안성수의 「시수필 이론」을 소개하였습니다.

제2부 시수필 실제 편에서는 안성수의 시수필 5편과 저자의 시

수필집『내 고향은 천사의 섬』과 산문수필집『혼자 두는 바둑』, 『세수하나마나』, 『너의 길 나의 길』에 수록된 작품 중에서 시수필로 재구성하여 100편의 시수필을 실었습니다.

　이러한 일련의 작업들이 수필을 좋아하며 한 시대를 살아온 어리석은 이의 부질없는 짓거리임에는 틀림없는 일일 것입니다.
　하지만, 생각하고 구상할 때가 행복한 삶이었고 그것을 행동으로 옮기는 알알의 시간들이 더욱 기껍고 흐뭇했습니다.
　이러한 모습을 옆에서 지켜보며 격려를 아끼지 않았던 사랑하는 아내 고맙습니다. 그리고 이 책이 세상에 나오기까지 힘을 보태준 조수웅 문학박사와 최정웅 님께 감사하며, 도서출판 해동의 최봉석 사장님, 남지연 실장님, 정일기 간사님 수고 많으셨습니다.

　수필문학을 사랑하는 모든 이에게 이 책을 바칩니다.

2017. 1.

무등산자락 작가초막에서
인헌 **김 덕 일**

시와 수필 사이의 여행자, 발견자

조 수 웅 | 문학박사, 평론가, 소설가
전) 광주교육대학교 교수
전) 전라남도문인협회 회장

인헌 김덕일 수필가는 2013년에 이미 시수필집 『내고향은 천사의 섬』을 써서 문단에 '사건'을 일으킨 바 있다. 그때도 지적했듯이 '세계의 자기화'로 매우 주관적인 장르인 시와 '자아의 세계화'로 아주 객관적인 장르인 수필을 통섭하고자 하는 그의 놀라운 발상에 주목하지 않을 수 없다.

그런데 이번에는 한 술 더 떠서 수필이론을 일목요연하게 요약 정리하고 100편의 시수필을 상재하여 그야말로 시수필의 이론과 실제를 아주 설득력 있게 펼쳐놓았다.

'생각해보면 옛날 과학은 상상력을 없애고 진짜만을 보고자했다. 그런데 현대과학은 상상력이 중요하다. 현대인식론의 대표인 미셸 세르의 담론세계도 담론과 담론 사이의 여행자이면서 발견자다. 바슐라르는 시적 상상력과 물리학적 상상력의 관계를 탐구하면서 이를 구분해 이원적으로 설명했지만, 세르는 담론과 담론 사이를 여행하고, 과학과 비과학 사이에 선을 긋지 않았다. 자연과학과 인문학, 신화와 예술 등 모든 형태의 담론을 평등하게 바라보고자 했다.'

김덕일 수필가가 시와 수필을 통섭하고자 하는 바도 바로 두 장르 사이의 여행자이자 발견자가 되고자하는 것이 아닐까. 그러니까 70대 중반이라는 나이가 무색하게끔 '이론과 실제'라는 막강한 힘으로 두 장르의 벽을 무너뜨리려는 혁명을 벌이고 있다는 말이다. 그뿐이 아니다. 그는 그동안 발표한 시수필집 『내 고향은 천사의 섬』과 산문수필집 『혼자 두는 바둑』, 『세수하나마나』, 『너의길 나의 길』에 수록된 작품을 시수필로 재구성하여 100편을 발표함으로써 자신의 작품세계를 총정리하는 업적도 남겼다. 참으로 자랑스러운 작업이다.

80년대 초 프로야구가 막 생겼을 때, 전두환 정권의 우민화 정책에 말려들었다는 동지들의 비난 속에서도 나는 야구장을 즐겨찾았다. 야구가 한 참 무르익어 갈 무렵이면 관람객들에 섞여 파도타기를 하는 재미며, 운동장이 떠내려 갈듯 한 목소리로 '목포의 눈물'을 합창하는 재미가 넉넉했기 때문이다. 그보다 더 쏠쏠한 재미는 야구가 끝나고 퇴장하는 군중에 끼어 '김대중'을 연호하며 경찰들을 쩔쩔매게 하던 순간이었던 것 같다.

　그 프로야구를 생각하면 지금까지 기억에 남아 있는 야구 선수가 하나 있다. 바로 '김성한'이다. 오리 궁둥이 타법 때문이다. 김성한은 왜 오리 궁둥이를 하고도 안타를 잘 쳤을까? 그가 야구를 배우기 시작할 때부터 오리 궁둥이를 하고 타석에 들어서지는 않았을 것이다. 아마 모르긴 몰라도 야구에 입문했을 당시에는 코치가 가르쳐 준대로, 야구의 교과서적인 타법대로 열심히 배우고 익혔을 것이다. 그러다가 어느 경지에 올랐을 때, 비로소 기본 타격 자세와 상관없는 자기만의 타격자세(자신만의 문체)를 취할 수 있었을 것이다.

　김덕일의 '시수필'도 이와 같지 않을까. 주관적 운문인 시와 객관적 산문인 수필의 장벽을 깬 '시수필'은 아무나 구상하고 아무나 쓸 수 있는 작업이 결코 아니기 때문이다. 탄탄한 문장력과 격조 높은 지성을 바탕으로 작가의 개성이나 성격을 운문 형식을 빌려 직접 표현해야 하는 장르가 바로 김덕일이 말하는 '시수필'이다. 철저한 기초 훈련 없는 야구 초년생이 오리 궁둥이를 하고 타석에 들어서면 안타를 치기는커녕 비웃음만 살 것이 자명하듯, 자칫 만만하게 보고 달려들다가는 시도 수필도 아닌 천박한 잡문이 될 위험이 크다. 이는 오직 경지에 오른 인헌 김덕일만이 시와 수필의 주파수를 맞출 수 있다는 이야기다. 그 점을 높이 사고자 한다. 그것이 곧 인헌의 '시수필'이라고 말하고 싶은 것이다.

발간사_ 인헌 김덕일

추천사_ 문학박사 조수웅

제2부 시수필의 실제

시수필의 이론

제1부 시수필의 이론

1. 한국 수필문학 시대적 고찰

가. 한국수필론 태동시기

동양에서 '수필'이라는 말을 처음 쓴 사람은 중국 남송 때의 홍매(1123~1202)였다는 것은 수필을 공부하는 사람은 이미 다 아는 사실이다. 그는 그의 문집 「용재수필」의 서문에서 다음과 같이 적고 있다.[1]

"나는 게으른 버릇으로 책을 많이 읽지 못하였으나, 그 때 그 때 혹 뜻한 바 있으면 곧 기록하였다. 앞뒤의 차례를 가려 갖추지도 않고 그 때 그 때 기록한 것이기 때문에 수필이라고 하였다." (한자 번역문) 이처럼 붓 가는 대로 생각나는 대로 쓰는 글이 수필이라고 정의를 내린 최초의 문헌이라고 할 수 있는데, 이런 관점은 한국 수필문학론 정립에 큰 영향을 준 것으로 보인다.

한국의 경우[2] 수필이라는 어휘는 조선후기 박지원(1737~1805)의 「일선수필」에서 처음 보이나, 소급해 가면, 신라시대에서도 수필류의 글을 대할 수 있으니, 혜초의 「왕오천축국전」이 그것이다. 이러한 계통의 한국 수필은 고려시대 이인로(1152~1220)의 「파한집」, 이규보

---

1) 정주환, 「현대수필 창작 입문」 (전주, 신아출판사, 1990) p17.
2) 신상철, 「수필문학의 이론 제2판」 (서울, 삼영사, 1990) p82~83.

(1168~1241)의 「남행월 일기」. 그리고 조선시대 서거정(1420~1488)의 「동인시화」, 박두세(1654~?)의 「요로원 야화기」, 박지원(1737~1805)의 「열하일기」, 류길준(1856~1914)의 「서유견문」으로 그 맥이 이어져와 현대적 학문적 수필로 발전되는 것을 엿볼 수 있다.

국문으로 된 한국수필을 보면 병자호란 당시 어느 궁녀가 남한산성이 포위되어 항복하기까지의 50여 일간을 기록한 「산성일기」, 의령 남씨가 쓴 「의유당 관북유람일기」 등이 허다한데 이러한 일기체 수필도 오늘날까지 그 맥이 이어져 오고 있다.

나. 한국수필론 정착시기

한국 수필의 명칭은 1920년대 수필이란 말과 함께 수상, 감상, 잡문, 만필, 단상, 산문, 서정 등 무려 25가지나 되었다.3) 이처럼 여러 가지 명칭으로 혼용해서 쓰이던 것이 1920년대 후반기에 접어들어 소멸되고 통합되어 수필, 수상, 감상, 만필 정도로 압축되었다가 1928~1929 년경에 '수필'이라는 말이 보편적으로 쓰이게 되었다.4)

이와 같이 1920년대까지 이루어진 자생적인 수필론에 외국문학 수필론 소양이 합해진 것으로 보이는 한국 수필론 즉, 무형식의 글, 붓 가는 대로 쓰는 글, 누에가 고치를 만들 듯이 쓰는 글, 플롯이 필요 없는 글 등이 1930년대에 와서 김광섭, 김진섭, 이양하, 피천득 등에 의해 확대 발전시켜지면서 수필 문학론 본령으로 정착되기에 이른다.5)

---

3) 이철호, 「수필 창작의 이론과 실기」 (서울, 정은출판, 2005) p66.
4) 이철호, 전게서, p67.
5) 신상철, 전게서, p83.

다. 한국수필론 재조명 시기

1) 포스트모더니즘 문학 특성[6]

포스트모더니즘은 1960년에 일어난 문화운동이면서 정치, 경제, 사회의 모든 영역과 관련되는 한 시대의 이념이다. 이와 때를 같이하여 20세기 중·후반에 일어난 문예운동에서 포스트모더니즘의 문학 특성을 살펴보면 다음과 같다.

첫째는 문학 장르와 경계가 파괴되는 탈장르화다. 즉 장르간의 경계를 넘고 간격을 좁히는 작업이 문학 전반에 진행되어왔다.

둘째는 작품들 간의 혼합현상이다. 이 역시 근대 문학의 정령을 깨고 문학 장르의 위상을 흔드는 중요한 현상이 아닐 수 없다.

2) 한국수필의 현대적 다양한 수필론

위에서 언급한 포스트모더니즘 문학흐름은 우리나라에도 밀려올 수밖에 없었던 것 같다. 그것은 1970년대 후반부터 수필문학에 대한 책들이 봇물을 이루었기 때문이다.

1990년대부터 한국 수필의 과거 수필론을 비판하면서 새롭고 다양한 수필론이 본격화 되었는데 대표적인 것 여섯 가지를 살펴보면 다음과 같다.

① 신상철 수필론

신상철은 『수필문학의 이론』이라는 책을 1984년에 초판을 내고

---

6) 네이버, 「지식백과」 발췌 (2015. 3)

1986년에 재판을 찍은 다음 4년 후인 1990년 8월에 개정판을 냈는데, 그 책 서문에서 다음과 같이 말하고 있다.

"이 책은 수필문학의 종전 이론에 대한 비판적 안목에서 쓰인 것이다. 수필은 무형식이 그 형식적 특성이라든가, 구성이 없이 붓가는 대로 쓰는 글이라는 이론들은 수필을 경시하는 풍조와 폐단을 낳기에 이르렀다. 수필이 잡문 시 되어서도 안 되고, 잡문이 수필 취급을 받아서도 될 일이 아니다."라고 하였다.

그는 이상과 같은 비판을 해소하기 위하여 모색한 것이 「수필의 구성문제」와 「수필의 집필과정」으로 요약해 볼 수 있었다.

* 수필의 구성문제[7]

구인철과 구창환은 그들이 쓴 「문학개론」(1976. 4)에서 "수필의 구성은 여러 가지로 나누어 볼 수 있다."면서 단순구성, 복합구성, 산문구성, 긴축구성으로 나눈 바 있고, 신상철은 "수필의 구성양식을 만들어 내는 것이 아니라 기존의 작품을 통해 이를 추출해 내고자 한다."라고 하면서 전체 책 분량 2할 정도를 할애하여 수필구성 열 한가지의 예시를 설명하였다.

그것은 단선적 구성(單線的 構成), 복선적 구성(復線的 構成), 환상적 구성(環狀的 構成), 열서적 구성(列敍的 構成), 진보적 구성(進步的 構成), 합승적 구성(合乘的 構成), 평면적 구성(平面的 構成), 대화적 구성(對話的 構成), 논리적 구성(論理的 構成), 산서적 구성(散敍的 構成), 복합적 구성(復合的 構成)이다.

결국 수필구성은 다양성임을 강조하면서 기존의 이론인 "구성이

---

7) 신상철, 전게서, p141~142.

없는 붓 가는 대로 쓰는 글이 수필"이라는 것을 반증하는 셈이 되겠다.

* 수필의 집필과정[8]

"나는 글의 감을 찾기 위해 생각하는 이 때를 글을 베는 시기라 생각한다. 어린 아이를 베듯 글 쓰는 이는 씨를 베고 그걸 키우는 기간이 필요한 것이다."

진통의 시기를 맞듯 글 쓰는 이의 마음에도 글의 씨가 가득차야 출산의 기미를 맞게 되는 법이다.

글의 감이 차는 일은 열매가 영그는 것과 같은 것이다. 무리 없이 글이 쓰이려면 봉선화의 씨방이 터지듯, 글의 감이 될 수 있는 데로 많이 영글어야 하는 것이다. 글의 감과 거기에 묻어나는 정서가 강렬하면 강렬할수록 좋은 글이 될 가능성이 많은 법이다.

수필 한 작품을 쓸 때 글감에 대한 오랜 기간의 생각과 그것에 대한 강렬한 정서적 글의 구성이 중요하다는 것을 피력하고 있는데, 이는 "수필은 누에고치가 실을 뽑듯 쓰여 지는 글"이라는 기존의 수필론을 반대하는 입장이 분명하다.

② 정주환 수필론

정주환은 「현대수필 창작 입문」을 1990년에 세상에 내 놓았다.

---

8) 신상철, 전게서, p245~248.

그는 「나의 경험적 수필론」9)에서 다음과 같이 피력하고 있다.

* 흔히 수필은 붓 가는 대로 쓰는 글이라고 말한다. 그러나 나는 이 말에 전적으로 동의하지 않는다. 수필이란 하나의 작품이다. 작품이란 주제와 소제가 갖추어져 있고, 거기에다가 저대로의 의상을 입힌 것을 말한다. 이 말은 하나의 상(想)이 예술적으로 재구성되어야 한다는 말과 같다.

* 수필은 무형식의 형식문학이다. 즉 일정한 형식이 없다는 말이요, 형식이 외부로 노출되지 않았다는 말이지 전혀 형식이 없다는 말은 아니다. 그러므로 아무렇게나 써도 된다는 말은 아니다.

* 수필은 자연스런 '천의무봉(天衣無縫)10) 그것이되 여기에 멋스러운 그릇(형식)으로 담겨 있어야한다. 사실 여기에 수필의 어려움이 있지만 우리들이 극복해 나가야 할 문제점이다. 흔히들 우리가 누구나 쉽게 수필을 쓸 수 있다는 생각을 갖기 쉬운데 이를 조심해야 할 것이다.

* 수필은 항상 진실과 사실이 바탕이 되어야 한다. 여기에서 말하는 진실이란 사실 그 자체를 말하는 것은 아니다. 각자의 렌즈를 통하여 의도적으로 조직되고 구성되어야 한다. 만일 사실 그대로를 독자에게 전달한다면 그것은 수필작품은 아니다. 기사문이나 보고문과는 구별되어야 하기 때문이다.

---

9) 정주환, 전게서, p30~31.
10) 천의무봉 : 시나 문장이 기교를 부린 흔적이 없어 극히 자연스러움을 이르는 말.

쌀과 누룩이 하나의 사실이라면 거기에 적당한 제조과정을 거쳐 술을 빚듯 수필도 사실을 바탕으로 제대로의 사상, 감정이 무르녹아 식혀지고 걸러지는 셈이다.

그래야 문학작품이 된다.

'작품'이고자 하는 한 흙으로 고려자기를 빚어 만든 그 장인들의 솜씨와 정성을 배워야 할 것이다.

이상과 같은 글을 통해서 보면 정주환은 "붓 가는 대로 쓰는 수필", "형식이 없다는 수필론"에 동의하지 않으면서, 수필의 예술성, 형식성, 진실성, 문학성을 강조하고 있다.

③ 오창익 수필론

오창익은 "수필은 붓 가는 대로 쓰는 글이 아니다."라고 선언하면서 1991년 10월에 계간 「창작수필」을 내고 지금까지 왕성하게 제자들을 양성해오고 있다.

그는 창간호 머리글에서 다음과 같이 그의 수필세계를 주장하고 있다.[11]

* 문학성에서 '산문성'이나 '창의성' 문제는 비단 수필 장르에만 국한될 일이 아니다. 왜냐하면 시나 소설에도 시답지 않은 시, 소설답지 않은 잡문 같은 작품이 얼마든지 있기 때문이다. 그럼에도 불구하고 우리네의 문단 현실은 잡문하면 의례 수필을 들먹이고, 잡문성하면 신변사나 세상사를 두루 제재화 하는, 수필의

---

11) 오창익, 「창작수필 창간호」 (서울, 창작수필사, 1991), p10~11.

그 산만성만을 건드린다. 평자에 따라서는 그게 마치 수필의 어쩔 수 없는 속성이거나 본질처럼 여겨 평가절하 하기도 한다. 착각이다. 잘못된 생각이다.

* 유수한 수필지가 있고 또 있어 왔음에도 불구하고 굳이 또 하나의 전문지를 창간하는 이유가 어디 있는가 하고 묻는 이가 없지 않겠지만 대답은 간단하다. 단 한 마디다. 바로 그 '산문성' 즉 수필의 형식적 자율성을 보다 확실하게 체질화하고, 스스로 그 격(格)을 구체화하지 않으면 살아남지 못한다는 당위성 그 때문이다.

* 수필의 성격이자 운명이기도 한 형식의 자율성들로 부수되는 그 잡문성을 극복하기 위해서는 첫째도 둘째도 문학일반의 창작성, 즉 문예성을 강조하는 길 밖에는 달리 방도가 있을 수 없다는 논리에서다.

* 본지는 제재의 자기화나 주제의식의 상상화 또는 표현의 개성화 등 본질수필이 요구하는 필수적인 주문들을 생명시하여 이를 착실하게 수행할 것이다.
   또한 미래문학으로서의 위상이나 장르 의식도 오로지 작품, 작품을 통해서만 성립하고 구체화할 것이다.

   위와 같은 오창익의 수필론을 요약해 보면, 수필의 필연적인 산문성이나 무제한성을 체질화하고 극복하기 위해서는, 작품에 창의성, 문예성, 주제의식 상상화, 표현의 개성화를 부여하는데 노력해야 한다는 것이다.

이렇게 부단한 노력으로 좋은 수필을 쓰는 데서, 수필은 미래문학으로서 위상이 정립 될 수 있을 것이라고 강조하고 있다.

④ 윤재천 수필론

윤재천은 계간 「현대수필」을 1992년 1월에 창간하여 지금까지 타의 추종을 불허하게 활동을 해 오고 있으며, 많은 수필론을 발표하였고 그밖에도 수필 진흥을 위해 여러 가지 일을 하고 있다. 그의 「나의 문학관」[12]을 발췌해 보면 다음과 같다.

* 새로운 수필세계의 필요성에 대해 머리를 싸매지 않을 수 없었습니다. 그 결과 퓨전수필, 아방가르드수필, 마당수필, 융합수필 같은 실험수필. 그 외의 도전형 작품들이 등장하지 않을 수 없었고 함께 공부하던 사람들도 나의 교수법으로 수필문학의 다양성을 추구하며 새로운 가능성을 탐구하게 되었습니다.

* 나의 수필관은 분명합니다. 해체를 통한 융합, 융합을 통한 해체로서 옛 것을 중요하게 여기면서 시대를 앞서가는 수필쓰기를 지향했으니까요.

* 작가의 몸짓은 경험 속에 축적된 무의식의 표출, 자유, 그 자체의 소산이므로 다른 장르를 자연스럽게 넘나들 수 있는 환경이

---

12) 윤재천 엮음, 「수필학 제20집」 (서울, 도서출판 문학관, 2013), p166~170.

설정되어 있지 않습니까. 그래서 수필은 이미지적으로는 시적이고 내용적으로는 메시지가 있어야 하므로 소설적인 작가의 사상이 절대적이므로 철학적인 수필이 한 편의 작품 안에 융해되어 있어야 합니다.

* 설계가 되지 않은 집은 견고하지 않기에 수필이론을 생각하지 않을 수 없었습니다. 「소설학」이 있고, 「시학」이 있는 문학계에서 「수필학」의 필요성을 절실하게 느끼게 된 것이지요. 그 고민의 결과가 올해로 20년(2013 현재) 제 20호의 비매품 「수필학」을 발간하여 수필을 사랑하는 작가와 도서관에 보내고 있습니다.

* 작가에게 수필가로서의 정체성을 살리며 긍지를 갖고 활동하게 하고 싶어 '수필의 날'을 제정했습니다. 2001년 12월 수필의 날 선언문을 선포하며 수필문학의 자리를 굳히게 되었습니다. 이 행사는 6년 동안 ≪현대수필≫에서 주관하다 7회부터 범수필적 차원에서 한국문협 수필분과로 위임하였습니다.

* 작가에게는 자기만의 브랜드가 있어야 하지 않습니까. 나는 개성이 있는 작가, 철학이 있는 작가, 새로움에 도전하는 작가가 되라고 제시하며 자기만의 재능을 발휘할 수 있도록 창작마당을 제공해 주는데 목표를 두고 있습니다.

윤재천의 수필론은 탈장르적이며 융합적이고 개척적임을 알 수 있다. 그것은 이 시대가 창의력과 변화를 추구하고 상상력과 도전을 요구하기 때문이라는 것이다. 그러므로 수필도 이에 맞춰 새로움을 추구하자는 것이다. 그것만이 수필을 발전시킬 수 있는 지름길이라고 주장하고 있다.

⑤ 안성수 수필론

안성수는 2004년 가을부터 2009년 여름까지 5년간 『현대수필』에 '수필 오디세이'를 연재했었다. 그 때 필자는 그 논문을 접할 때마다 매우 신선한 충격을 받았었다.

그 후로 2013년에 『한국 현대수필의 구조와 미학』을 내고, 2년 후인 2015년에는 『수필 오디세이 Ⅰ, Ⅱ』를 발행했다.

『한국 현대수필의 구조와 미학』은 중견 수필작가 15명의 대표작을 제재의 통찰, 미적울림의 구조, 서술방법과 수사 전략을 분석 고찰하였다.

이런 동기는 수필을 폄하해온 주장처럼 수필작품 속에는 독자를 감동시킬 만한 구조와 미학이 존재하지 않는 것일까? 하는 궁금증을 풀기 위해서 였다고 한다.[13]

결국 이 글들은 한국 현대 수필을 해체시켜서 그 속살을 만져보고, 그 정수(精髓)를 음미함으로써 한국 수필의 DNA를 검증한 보고서라고 말하고 있다.[14]

『수필 오디세이 Ⅰ』[15]에서는 다른 수필론과는 달리 필자 나름대

---

13) 안성수, 「한국현대수필의 구조와 미학」(전주, 수필과 비평사. 2013)) P.4
14) 안성수, 전게서 P.5

로의 철학적, 학문적 수필론을 연구하여 제시해 놓았다.

총 24장으로 나누어 이야기하고 있는데 그것은 다음과 같다.

* E=mc$_2$ 과 장인정신   * 작가의 심미안과 연금술
* 감성 버리기와 소재 통찰법   * 문학적 상상력의 작동방식
* 문학 언어와 수필언어   * 상상력과 미의식의 작동양상
* 수필문장과 반어 미학   * 수필의 미적 울림과 창조원리
* 수필작법과 황금비   * 낯설게 하기와 수필작법
* 수필의 철학성과 문학성   * 수필철학과 경계미학
* 수필작법과 통섭의 길   * 수필 창작과 품격미학
* 치유를 위한 수필 쓰기   * 작가의 영성과 수필작법
* 소설과 수필의 시학적 거리   * 실험수필의 이념과 전략
* 수필작법의 서사시학적 접근   * 풍류정신과 수필의 전통
* 수필 창작의 미적 급소 찾기   * 수필작법의 반성과 고찰
* 시수필의 개념과 창조전략   * 수필시학의 과제와 전망

"이 책에 담긴 글들은 '수필시학'의 서설에 해당되는 것들이다.

본디 '시학'이란 오랜 역사를 지닌 문학용어로서 두 가지 뜻을 함유한다. 즉 수필의 보편적인 미적체계와 수필창작의 원리를 연구하는 학문을 가리킨다."[16]

이와 같이 안성수 수필론은 색다른 관점과 깊이 있는 언어들로 필자를 매료시키고 있는데, 결국 '수필이론의 불모지'인 우리나라에 '수필시학'을 확고하게 정립하고자 하는 바람이 크다. 이와 같이 안

---

15) 안성수, 『수필오디세이 I 』(전주, 수필과 비평사. 2015) pp.6-13
16) 안성수, 전개서. p.3

성수 수필론은 색다른 관점과 깊이 있는 언어들로 독자들에게 생동감을 주고 있다.

⑥ 이관희 수필론

이관희는 『창작문예수필 이론서』(2007.11), 『정론 현대수필 이론서』(2009.10), 『수필문학 이론은 정립되었다』(2010.9)를 연이어 발간하였고, 계간 ≪창작문예 수필≫ 2011년 2월에 창간하여 후배 양성에 매진하고 있다.

『창작문예 이론서』를 토대로 하여 그의 생각을 살펴보면 다음과 같이 정리할 수 있었다.

수필가가 수필을 쓸 때 소재로부터 수필 문학적 '창작영감'을 얻어야하는데, 그것은 곧 '창작발상'이며 창작발상은 '존재론적 감동'에서 오는 것임으로 창작발상은 곧 존재론적 감동을 의미하는 것이다.[17)]
수필은 그 문학적 대상의 본질에 관한 시적 감동을 수필 문학적 산문 양식으로 형상화 하는 것이다.[18)] 이와 같은 논리에서 발전하여 그는 후에 '창작문예수필의 개념'을 '시적발상의 산문적 형상화 문학'이라고 정리하게 되었다고 말하고 있다. 그리고 '산문적 형상화'란 산문문학의 대표적 양식인 소설문학의 창조적 '서시 구성법'을 의미한다고 밝히고 있다.

---

17) 이관희, 「창작문예수필 이론서」(서울, 청어, 2007), p24~26
18) 이관희, 전게서, p.33

결국 이관희의 수필론을 한마디로 요약해보면 '시적발상의 산문적형상화 문학'이라고 압축해 볼 수 있겠다. 여기서 '시적발상'은 시문학의 대표적 특징인 대상을 창조적 언어로 존재화하는 시 창작 발상을 의미화 하고 있으며, '산문적형상화'는 산문문학의 대표적 양식인 소설문학의 서시 구성법을 의미한다고 하겠다.

⑦ 수필론에 대한 필자의 견해

현재 한국수필의 흐름을 이끌어 가고 있다고 판단되어지는 여섯 사람의 수필론을 대략적으로 살펴보았다. 이구동성으로 1930년대에 형성된 수필론 즉, 무형식론, 붓가는대로 쓰는 글, 플롯이 없는 글, 누에가 고치 만들듯이 쓰는 글 등을 거부하면서, 나름대로의 수필에 대한 이론과 창작 기법들을 내놓고 있다. 그리고 그분들을 중심으로 뜻을 같이하는 수필가들이 모여서, 여러 가지의 활동을 왕성하게 하고 있으며, 대체적으로 수필계간지가 만들어 지고 있다.

필자는 고대로부터 현대에 이르기까지 우리나라의 수필론을 더듬어 보면서 안성수의 『수필오디세이Ⅰ.Ⅱ』에 심취되지 않을 수 없게 되었다. 그 이유는 다음과 같았다.

첫째, '수필시학론'을 완성하기 위해 자신을 올인하고 있었다.
둘째, 수필에 대한 연구의 영역이 넓고 깊이가 심오하다.
셋째, 수필에 대한 철학적인 견해가 남다르며 학문성이 돋보인다.
넷째, 책을 엮을 때 많은 서적을 참조하여 소화하고 있었다.
다섯째, 여러 가지 새로운 낱말과 어휘들이 독자를 긴장시키고 있었다.

특히, "시수필 이론"을 처음으로 접하고 숙독하면서 우리 미래의 수필은 바로 이거다 하며 무릎을 치기에 이르렀다.

그래서 "시수필 이론"을 크게 환영하면서 이를 널리 공유하고자 『시수필의 이론과 실제』라는 책을 쓰기로 작정했다.

2. 시수필의 이론

가. 수필과 실험[19]

* 수필은 본성적으로 모든 문학 장르 중에서 가장 자유로운 형식과 실험을 즐긴다. 정형화된 형식이 없다는 점에서 수필문학은 개개의 작품이 실험수필로서의 가능성을 안고 있지만, 수필 장르의 미래와 정체성을 위협하는 비논리적인 모험은 실험으로서의 가치를 상실한다.

* 특히 20세기 말부터 불어 닥친 포스트모더니즘의 여파로 수필의 형식과 미학의 혼용을 꿈꾸는 주변장르와의 경쟁이 불가피해지고 있다.

* 이런 상황 하에서 작가들의 실험수필은 유구한 정체성에 바탕을 둔 전통의 고수와 보다 진전된 새로운 미학의 창안이라는 양극 사이에서 고민하게 만든다.

---

19) 안성수, 『수필오디세이 II』 (전주, 수필과 비평사, 2015), p158

* 이와 같은 문예사조적의 전환기를 맞아 수필의 창작실험이 갖추어야 할 논리적 근거와 미적 범주를 탐색하는 데 목적을 둔다.

* 그 길은 수필의 고유한 정체성을 지키면서 새로운 시대정신과의 대화를 통해 전통의 외연을 넓히고 수필미학을 심화시키기 위한 모색의 정신과도 맞닿아 있다.

안성수는 이상과 같은 수필과 실험의 연관성을 염두에 두고, 수필의 고유한 정체성을 지키면서 새로운 시대정신과의 대화를 통해 전통의 외연을 넓히고 수필미학을 심화시키기 위하여 다음 같이 본격적으로 시수필의 이론을 전개하고 있다.

나. 시수필의 개념과 미학

1) 시수필의 개념[20]

* 시수필은 수필을 시의 형식으로 쓴 것이다. 더 정확하게는 수필의 산문정신을 시의 형식에 담아 들려주는 수필이다.

* 조어론적인 관점에서 시수필은 (시+수필)의 통합양식으로 생각할 수 있으나 주체가 되는 핵심 장르는 뒤쪽의 수필이고 그것을 꾸며주는 앞의 시는 수필을 꾸며주는 형용사의 기능을 수행한다.

---

20) 안성수, 전게서, p300~302.

* 기존의 전통수필은 주로 산문 형식이었다. 이에 비해 시수 필은 수필의 내용에 운문 형식을 결부시킴으로써, 체험적 산문 내용을 내재율이 있는 운문형식으로 표현하는 독특한 형태를 띤다.(시수필은 운문형식의 내재율을 주로 활용한다.)

* 이러한 내용과 형식의 변증법적 결합 형태를 취함으로써 풍 부한 미학성과 가독성을 높이는 데 기여한다.

* 시수필의 개념은 20세기 말부터 뚜렷한 세계 예술사조로 발 돋움하고 있는 포스트모더니즘이나 21세기의 새로운 학문적 경향으로 확산되고 있는 통섭(統攝)의 논리와도 상통하는 점이 많다.

* 포스트모더니즘이 이질 장르나 이질 예술 간의 경계 초월과 통합을 허용하고, 통섭론이 서로 다른 학문 간의 보편적 방 법론의 통일과 통합을 시도한다는 점에서 그러하다.

* 이러한 새로운 예술 사조나 학문 탐구 방법은 이전의 사조 나 방법론에 대한 논리적 보완과 변증법적 지양(止揚)의 결 과로 등장한다는 데 발전적 의미를 갖는다.

* 시수필 또한 전통적이 산문수필의 형식에 대한 미학적 반발 과 보완적 의미에서 나온 산물이라는 점에서 같은 논리를 전제한다.

* 이러한 시수필은 수필의 전통적인 미학과 정체성을 훼손하지 않는다. 오히려 전통수필의 한계를 보완하면서 문학성과 예술성을 높여주는 특성을 내재하고 있다.

* 특히 시수필의 새로운 형식은 산문정신과 운문형식의 창조적 결합이라는 점에서 수필 장르의 발전적 양식으로 자리 잡을 가능성이 높다.

* 지금까지 전통적인 문학의 서술양식이 산문과 운문으로 양분되어 왔다면 새로운 세기에는 문학 장르 간의 통합이나 통섭을 통해서 보다 바람직한 서술 방식을 모색할 수 있다. 그런 점에서 시수필은 이질적인 문학장르 간의 결합이 낳은 수필의 새로운 유형이라고 할 만하다.

* 이러한 장르 간의 새로운 통섭적 문학 형식의 등장은 요즘 들어 일부 작가들이 미학적 논리가 뒷받침되지 않은 실험 운운하는 것과는 그 기반을 달리한다.

* 다시 말하면 시수필은 그 나름의 미적 논리와 철학을 구비하고 있다는 점에서 수필 문학 발전의 새로운 영토나 돌파구로서의 가치와 의미를 지닌다.

2) 시수필의 특성[21]

* 수필은 내용상으로는 수필이지만, 그 전달형식은 시적 서술 형식의 도움을 받는다. 그러나 운문의 속성인 음악성이나 리듬을 수용한다 해도 일부 순수시의 과장적인 리듬이나 난해한 함축, 지나친 간결성 등을 따르지 않는다.

* 소재차원에서 시수필은 작가의 체험성에 바탕을 둔다. 시수필의 시적 리듬을 위해 짧은 문장(行)과 연(聯) 구분으로 이루어지는 이야기의 배열방식을 활용한다 해도 수필의 소재 취재는 반드시 작가의 체험에서 이루어져야 한다는 뜻이다.

* 시수필이 지향하는 음악성은 내용 전달력과 독서의 속도감을 높여 줄 것이다. 물론 산문수필에서도 문장의 리듬감을 강조하고 있으나, 시수필이 짧은 행과 연 구분을 통해서 만들어 내는 음악성과 리듬감은 독특하고 경쾌하다.

* 이는 또한 산문과 운문의 미적 경계선 상에서 수필 이야기를 듣게 하는 절묘한 분위기를 생성하여 흥미와 미적 감동력을 높인다. 그 뿐만이 아니라 평이성과 소박성에 바탕을 둔 운문 형식의 수필은 주제와 철학, 인간상 등을 쉽게 인지하게 도와준다.

---

21) 안성수, 전게서, p302~305.

* 이러한 속성들은 독자에게 독서의 속도를 높여주고 내용의 파지력을 높여줌으로써 미적 소통력을 높이는 요인으로 작용한다.

* 시수필은 수필문학의 문학성과 예술성을 증진시키는 데도 기여한다. 이러한 미적효과는 산문 내용을 운문형식으로 전달하는 절묘한 통합의 구조에서 나온다. 시수필은 산문수필보다 간결한 문장과 리듬감 있는 문장배열을 요구함으로써 문장이 보다 긴장감과 탄력성있게 재구성된다.

* 문장과 구조 속에 내포된 주제와 의미, 철학, 미의식 등도 함축성을 통해 깊이와 무게, 울림을 획득하게 된다. 또한 평이한 산문 문장이 운문의 서술형식과 결합하면서 읽는 속도와 의미의 인지능력을 높여줌은 물론, 주제와 내용도 리듬을 타면서 쉽게 인식되고, 특이한 입맛을 생성하여 미적 감동과 예술성을 높여주는 데 기여한다.

* 시수필의 문장 서술의 난이도는 전통수필의 평이성과 소박성의 원칙을 따른다. 이를테면 이야기를 쉽고 진솔하게 서술한다는 뜻이다. 이러한 서술 원칙이 깨지면, 시수필의 문장은 극단적인 압축이나 난해성에 빠짐으로써 시 장르로 통합되고 만다.

* 시수필은 산문수필보다 한층 더 간결하게 서술되면서도 평

이성과 소박성을 유지하기 때문에 시적 분위기와 산문적 이양기성을 절묘하게 혼합시켜 들려준다. 이러한 서술 특성은 시간에 쫓기는 현대인들에게 읽기 쉽고 이해하기 쉬운 리드미컬한 새로운 수필 형식으로 수용될 것이다.

* 시수필은 소통과 인식의 차원에서 탁월한 대중성을 지닌다. 쉽게 말하여 시수필은 평이하고 소박한 언어로 전달되기 때문에 대중 친화적이다. 이러한 미덕은 산문수필에서도 동일하게 요구하고 있으나 시수필은 전통수필에 비해 묘사적 문장이나 설명을 줄이고 더욱 간결하게 응축시키는 바람에 문장 자체가 짧아진 데다, 리듬감을 강화시킴으로써 부드럽고 인식하기 쉬운 수필형식으로 바뀐다. 이러한 대중 친화적인 소통력은 21세기가 요구하는 문학사상과도 일치한다.

* 시수필은 이질 장르인 수필(내용)과 시(형식) 사이에서 장르 간 통섭을 지향함으로써 풍부한 상호 텍스트성을 함유한다. 이는 흥미로운 서사적 이야기에 멜로디를 붙여 들려주는 오페라처럼 시적 이야기 형식에 음악성을 결부시킴으로써 보다 풍부한 텍스트의 구조화와 의미작용을 유도할 수 있다.

* 20세기 모더니즘[22] 한계는 고도의 난해성과 실험성을 앞

---

22) 모더니즘
　① 1920년대 일어난 근대적 감각을 나타내는 예술상의 여러 경향(두산백과)
　② 기존의 리얼리즘과 합리적인 기성도덕, 전통적 신념 등을 부정함 (한국민족문화대백과)

세우다 보니 절대다수의 대중을 소외시켰다는 점에서 발견된다. 이러한 수용성의 불평등과 지적편향성은 문학과 예술의 위기를 자초하는 모순을 낳게 하였다. 이와는 달리 시수필은 소외된 독자들과 쉽고 친근하게 호흡할 수 있는 수필 형식이라는 점에서 포스트모던시대[23]의 침체된 문학을 선도할 가능성을 잠재하고 있다.

3) 순수시와 시수필[24]

순수시와 시수필에 대한 논의는 기본적으로 이질적인 문학 장르라는 관점에서 출발한다. 전자가 고유한 시의 본성을 보여 준다면 후자는 수필 내용을 시의 형식으로 전달하는 수필의 하위 유형으로서의 특징을 보여준다. 해서, 이 양자 사이에는 장르상의 차이에서 오는 서술방식과 그 전략의 차원에서도 상당한 미적거리를 보인다.

① 소재의 범주

시는 허구적 상상의 산물이지만, 시수필은 자기 책임에 대한 통찰의 산물이다. 시는 시인의 자신이 어떤 소재를 보고 순간적으로 느끼는 감정과 정서를 상상력을 통해 형상화 한다. 이에 비해, 시수필은 작가가 자신의 직·간접 체험 속에서 건져 올린 제재를 미적으로 재구성하여 진술하게 고백하는 문학이라는 점에서 판이하다.

---

23) 포스트모던시대 ; 1960년대 일어난 문화운동 (두산백과), 모더니즘적 세계관이 더 이상 유효하지 않다는 인식과 더불어 시작된 사조 (문학비평용어사전)
24) 안성수, 전개서.pp305~311

② 수사법의 활용전략

시는 일반적으로 작품의 내적 필요성에 따라 비유법, 강조법, 변화법 등을 난이도에 구애받지 않고 자유롭게 구사한다. 독자들이 이해하기 어려운 난해시가 창조되는 것도 이런 까닭이다. 이에 비해 시수필은 전통수필처럼 수사 전략과 난이도를 평이성과 소박성의 수준에서 활용하는 것을 미덕으로 삼는다. 이러한 서술전략은 수필을 대중 친화적인 장르로 이끄는 데 기여할 것이다.

③ 여백과 함축어법

작품의 미적 형상화를 위한 구조적 필요성과 작가의 창조의지가 결합되면서 함축어법 또한 자유롭게 추구된다. 예컨대, 시적 허용의 관습도 넓게 보면 함축어법 난이도를 자유롭게 허용하고 있다는 방증이다. 이에 비해, 시수필은 창작기법을 통한 여백과 함축어법을 평이성의 수준으로 요구한다. 여백기법은 오히려 감칠맛을 더해주고 상징, 비유 등의 연관성을 연상하거나 유추하는 기쁨을 안겨준다.

④ 서술어의 난이도

시는 어법의 측면에서도 고난도의 어휘를 거의 무제한으로 허용한다. 시인은 독자의 가독성(可讀性)을 고려하지 않고 최상의 상상력으로 최상의 서술어를 찾으려고 노력한다. 그 명분은 진실의 창조에 두지만, 그럼에도 허구성 속에서의 진심은 늘 가능성의 형태로 주어진다는 한계를 지닌다. 이에 비해, 시수필은 서술어를 평이성과 소박성의 수준에서 활용하기 때문에 용이하게 소통되는 특성을 보인다. 그리고 그 목표 또한 작가의 진정성에 바탕을 둔 진실의 순도와 전달력을 높이는 데 둔다는 점에서 순수시와의 차이를 보인다.

⑤ 언어의 품격

시와 시수필의 차이는 언어 사용의 격조와 품격의 측면에서도 명료하게 인식된다. 전자는 언어의 품격을 필요조건으로 요구하지 않는 데 비해, 후자는 그것을 필수적으로 요구한다. 시는 상상력으로 꾸며 쓰는 문학이므로 작가와 작품의 일치를 요구하지 않지만, 시수필은 작가의 삶과 작품을 일치시켜 씀으로 작품의 품격과 실제 작가의 인격이 등가적으로 인식된다.

⑥ 철학성의 함유

일반적으로 시는 소재에 대한 시인의 순간적 감정과 그 이미지를 표현한다면, 시수필은 작가가 삶 속에서 건져 올린 자기철학(혹은 생활철학)을 고려하는 문학이다. 시인은 소재에 대한 새로운 의미와 이미지의 발견을 즐기지만, 수필가는 자신이 깨달음의 형태로 인식한 실제적인 삶의 철학을 토로한다는 점에서 차이를 보인다. 수필이 작가의 생활철학이나 실천철학을 함유하지 못할 때, 신변잡기로 평가절하 되는 것도 이런 이치이다.

⑦ 서술화자의 위상

시는 숨은 화자를 통해서 이미지를 전달하지만, 수필은 작가자신이 1인칭 서술자로 직접 참여하는 전략을 쓴다는 점에서 큰 차이를 보인다. 물론, 구조주의 시학자들은 소재의 체험 주체를 서술자로 구분한다. 하지만, 시수필은 작가 자신이 소재의 체험자일 뿐만 아니라, 그것을 작품으로 구성하여 전달하는 서술자 또한 실제 작가라는 관습을 인정한다. 이러한 관습 또한 이야기의 진실성과 순도를 높이는데 결정적인 요인으로 작용한다.

⑧ 진실의 정련(精練)방법

시는 시인이 상상하는 개연적인 세계라면, 수필은 실제 삶(역사)을 작가의 진정성(성찰 공간) 속에서 증류해 낸 진실이다. 따라서 시는 실제 진실이기 보다는 상상적으로서의 가치와 의미를 지닌다. 이런 가능성의 세계는 현실세계에서의 실현 불가능성에 대한 보상적 의미 외에도, 독자의 삶을 보다 바람직한 쪽으로 이끌어 주는 힘을 지닌다. 이에 비해 수필은 작가 자신의 실제 경험을 진정성의 통찰공간에서 체험적 진실로 길러내는 장르라는 점에서 다른 장르와 차별성을 지닌다. 진정성의 통찰행위는 수필의 순도를 정련시키는 진실의 재편과정이다.

⑨ 미의식 · 인생관 · 세계관

시는 허구적 시공간에서 인식한 이상적 모델 미의식과 인생관, 세계관을 이미지의 형태로 제시한다면, 시수필은 삶의 실제 시공간에서 체험한 작가의 미의식과 세계관, 인생관의 통찰 결과를 들려준다. 그러나 시가 제시하는 허구적 모델과 수필의 실제 모델은 사실성과 진실성의 순도뿐만 아니라, 독자의 감정이입 유발에도 차이를 보인다. 다시 말하면, 수필이 보여주는 것은 삶의 실제 시공간에서의 체험적 모델이라면, 시는 개인적 모델이라는 점에서 차별성을 지닌다.

⑩ 진실성의 제고 전략

시는 개인적 진실성을 높이기 위한 전략으로 상상력을 통한 의미의 구조화와 수사학을 부린다. 이에 비해, 시수필은 작가의 경험적 소재를 진정성의 통찰공간 속에서 증류시켜 삶의 진실과 자기 철학을 고백하는 심층 구조를 쓴다. 따라서 시와 같은 허구문학은 실제 현실과 상상적 현실간의 비유적 거리 속에 사로잡혀 있지만, 시수필은 실제세계와 텍스트의 세계 간의 일치를 지향한다. 물론, 모든 문학이 언어의 논리적 거리(실체 대상)와 그것을 의미로 인하여 서술상의 거리를 함유한다 해도, 수필은 허구문학 보다 진실성의 우위에 선다.

⑪ 인간상 제시

시는 대체로 상상적 현실 속에서 발견한 이상적 인간상을 모델로 제시한다. 이에 비해, 시수필은 살아있거나, 역사 속에 실재했던 인간상을 제시한다는 점에서 실제 세계와 밀착되어 있다. 바로 이 점도 시수필이 독자들의 감정이입을 수월하게 이끄는 미적조건이다. 시와 같은 허구문학은 전기적 소재를 끌어들인다 해도 독자들은 꾸며낸 이야기라는 통념을 전제로 인식한다. 이에 비해 수필

작품은 바로 작가 자신의 실제 삶과 인간상을 보여준다는 점에서 미적 감동과 설득력을 높인다.

⑫ 낭독 혹은 낭송 효과

텍스트의 낭독이나 낭송 행위와 연결시켜 볼 때에도 시와 시수필은 차별성을 지닌다. 전자는 무제한적인 함축과 고난도의 수사를 즐겨 씀으로써 즉각적인 내용 인식이 어려운 반면, 후자는 평이성과 소박성을 서술 전략으로 채택하므로 낭송 행위 시에 소통이 용이하다. 시 낭독이 오랜 역사를 지녔으나 전달력에 있어서는 수필이 훨씬 앞선다. 시수필은 전통수필과 마찬가지로 그 내용과 서술이 소박한데다 청중들에게 작가의 감정과 심리 및 자기철학까지도 리듬에 실어서 전달하므로 특유의 분위기와 흥미를 유발시킬 수 있다.

4) 산문수필과 시수필[25]

이 단계에서는 시수필(운문수필)의 정체를 보다 명료하게 인식하기 위해서, 전통적인 산문수필과의 차이점을 살펴보려고 한다. 시수필은 본성과 정체성의 측면에서는 전통수필과 크게 다를 바가 없으나, 서술 전략과 음악성의 활용방법에서는 상당한 차이와 미적 거리를 지닌다. 그러나 이러한 차이가 산문수필과 시수필의 미적 가치의 우열을 의미하는 것은 아니다.

---

25) 안성수, 『수필오디세이II』(전주, 수필과 비평사, 2015) pp311~314

① 음악성의 창조방식

흔히 전통수필은 산문 문장에 약한 내재적 리듬을 실어 음악성과 서정성을 제고하는 방식을 쓴다. 이를 위해, 전통수필은 문장의 길이와 어조, 수사학 등을 활용한다. 문장이 리듬을 타면 이야기의 흐름과 의미 생성에 탄력이 붙고, 독자의 이야기 수용도 한층 수월해진다. 이와는 달리, 시수필은 전통수필이 즐겨쓰는 리듬 창조 방식 외에도, 행과 연의 구분법을 사용하여 산문 문장에 운문적 리듬을 실어준다. 따라서 서술형식과 구조의 내재율이 실리면서 미학성과 문학성이 증진됨은 물론, 독특한 서정적 분위기를 창조하여 내용의 전달력을 높이고 독자의 감상이입을 유도한다.

② 길이와 분량

전통적인 산문수필은 2백자 원고지 13~15매 분량이 주류를 이루지만, 5매의 단편수필이나 30매 이상의 장편수필도 선보이고 있다. 전통수필이 다소 길어질 수밖에 없는 것은 설명과 묘사적 문장이 주류를 이루는 산문 특유의 문장 형식과 관련이 있다. 이에 비해, 시수필은 장황하게 긴 것보다는 짧은 길이의 이야기로 압축시켜서 군데군데 여백을 남겨두는 방식이 좋다. 그러므로 시수필은 A4용지 한두 장 분량이면 좋다. 의도에 따라서는 이 보다 길수도 있고 짧을 수도 있을 것이다.

③ 수사의 강도와 비중

비유와 은유, 환유, 상징 등과 같은 수사법을 활용하는 빈도나 분량의 측면에서도 전통수필과 시수필은 다소의 차이를 보인다. 전자가 수사법의 선택에 비교적 자유로운 데 반해서, 후자는 산문 내용을 시적 형식 속에 담아야 하므로 전자에 비해 상대적으로 제한적이다. 따라서 시수필은 표현의 효율성을 지향하면서도 보다 손쉬운 감칠맛 나는 비유와 상징을 사용하는 것이 제격이다. 그리고 여기에 여백의 함축기법을 쓰면 수필의 맛과 멋을 한껏 느낄 수도 있을 것이다.

④ 서술 전략

서술 전략의 측면에서, 소설은 대체로 대상을 총체적으로 생생하게 그려내는 데 초점을 모은다면, 시는 고도의 함축과 수사 전략으로 대상의 본질을 암시하는 데 목표를 둔다. 이러한 특성의 차이는 산문 수필과 시수필의 사이에도 유사하게 나타난다. 시수필은 평이성과 소박성이라는 산문수필의 기본정신을 지키면서, 음악성을 활성화하는 시적 서술 방식을 사용함으로써 두 장르의 형식적 장점을 변증적으로 결합하는 전략을 쓴다. 따라서 산문수필에 비해 읽기와 쓰기가 쉬울 뿐만 아니라, 높은 전달력을 함유한다. 전통수필이 묘사와 설명에 대한 의존도가 높다면, 시수필은 제시와 비유, 상징과 암시 등을 즐겨 쓴다.

⑤ 가독성과 열독성

독자들이 수필 작품에 빠져들게 하기 위해서는 첫째, 이야기 자체가 독특한 흥밋거리를 내포하고, 둘째 텍스트의 구조 속에 매력적인 의미와 작가의 철학이 함유되고, 셋째 격조 높은 말맛과 품격으로 독자의 미적 호기심을 자극해야 한다. 이런 것들이 작품의 미학성을 높여주고, 독사의 감정이입을 끌어내어 열독성(熱讀性)을 획득하게 도와준다. 물론 작품에 따라 다르겠지만, 시수필은 한눈에 들어오는 분량과 평이하고 간결하게 전달되는 구조로 조직됨으로써 전통수필에 비해 독자의 호응과 소통성을 얻어내는 데 유리하다.

⑥ 창작과 독서시간

앞서 언급한 것처럼 시수필이 창작 시간과 독서 시간을 단축시켜 주는 것은 문장의 길이와 리듬을 챙겨주는 이야기의 배열구조(행갈이) 등과 관련된다. 전통적인 수필은 산문 형식을 사용함으로써 상대적으로 긴 서술 전략을 쓰는 데 비해, 시수필은 산문 문장과 운문 문장을 혼용하여 음악성을 강화시키는 형식을 취함으로써 전자에 비해 이야기를 쉽게 쓸 수 있고, 읽는 시간도 줄일 수 있다. 이런 점은 시간에 쫓기는 현대의 독자들에게 가독성을 높여주고, 작가들에게는 창작에 수월성을 제공한다.

⑦ 애독자 대중의 접근성

내재율을 내포하는 시수필이 지면을 꽉 채운 산문형식으로 서술된 전통수필보다 독자들에게 친근성과 시원함을 줄 것은 당연한 이치이다. 짧은 문장에다 빠른 속도로 행갈이와 연 갈이를 이끌 뿐만 아니라, 내용도 평이성의 수준에서 전달하기 때문에 대중들이 접근하기가 용이하다. 게다가 시수필은 전통적인 산문수필보다 읽어야 할 분량이 짧기 때문에 시간에 쫓기는 현대 독자들에게 제한된 시공간 속에서의 독서력을 높여 줄 것이다.

  5) 순수시 · 시수필 · 산문수필 비교표

  위에서 안성수의 '순수시와 시수필', '산문수필과 시수필'의 미적 거리를 고찰해봤다. 시수필 이론의 가장 핵심적인 포인트라고 볼 수 있을 것이다. 그러므로 안성수는 이를 독자들이 빨리 이해할 수 있도록 순수시와 시수필의 미적거리를 소재, 취재 범주, 수사법의 활용 등 12가지로 구분하여 설명하고 있으며, 산문수필과 시수필의 미적거리는 음악성의 창조방식, 길이와 분량 등 7가지 측면에서 설명하고 있다.

  물론 이를 숙독해보면 이해할 수 있겠지만 저자는 더욱 확실하게 인식하고 나아가 많은 독자들이 시각적으로 한눈에 알아볼 수 있도록 안성수의 설명 글을 요약해서 "순수시와 시수필 비교표"를 만들고 또 "산문수필과 시수필 비교표"도 함께 제시함으로서 시수필 창작에 도움을 주고자 시도했다.

① 순수시와 시수필의 비교

비교내용	순수시	시수필
소재 취재 범주	허구적 상상의 산물	자기체험에 대한 통찰의 산물
수사법의 활용 전략	난이도 자유롭게 구사	평이성과 소박성 수준에서 활용
여백과 함축어법	함축어법 난이도 자유롭게 허용	함축어법 평이성 수준으로 요구
서술어의 난이도	고난도의 어휘를 무제한으로 허용	평이성과 소박성 수준 용이하게 소통
언어의 품격	필요조건으로 요구 않음	필수적으로 요구되고 있음
철학성의 함유	소재에 순간적 감정과 이미지 표현	삶속에서 건져올린 자기철학 고백문학
서술 화자의 위상	숨은 화자를 통해서 이미지를 전달	1인칭 서술자로 직접 참여하는 전략
진실의 정련 방법	시인이 상상하는 개인적인 세계	삶(역사)을 생활 속에서 증류한 진실
미의식·인생과 ·세계관	허구적 시공간에서 이상적 모델의 미의시과 인생관, 세계관 이미지 제시	삶의 실제 시공간에서 체험한 작가의 미의식과 인생관, 세계관의 통찰 결과를 들려줌
진실성의 제고전략	상상력을 통한 의미의 구조화와 수사학 사용	경험적 소재를 진정성의 통찰공간 속 증류 자기철학 고백
인간성 제시	이상적 인간성을 모델로 제시	살아있거나 역사 속 실제 인간상을 제시
낭독 혹은 낭송 효과	무제한적 함축과 고난도의 수사를 즐겨씀	평이성과 소박성 전략이므로 소통이 용이함

② 산문수필과 시수필 비교

비교내용	산문수필	시수필
음악성의 창조 방식	산문 문장에 약한 내재적 리듬을 실어 음악성과 서정성 재고	산문수필에 쓰는 방법 외에도 운문적 리듬을 싣는다
길이와 분량	원고지 15매 내외이나 5매 단편 또는 30매 장편도 있음	원고지 3~5매, A4용지 한두 장 분량이 일반적임
수사의 강도와 비중	수사법 선택 비교적 자유로움(비유와 은유, 환유, 상징 등)	산문내용을 시적 형식에 담음(손쉬운 비유, 상징 등 사용)
서술 전략	평이성과 소박성이 기본정신이 됨(묘사와 설명 의존)	산문수필 속성을 지키면서 시적 서술법 사용(제시와 암시 즐겨 씀)
가독성과 열독성	독특한 흥밋거리, 매력적 의미, 격조 높은 품격, 미적 호기심 자극	산문수필과 같으나 분량이 적고 간결한 구조로 독자의 호응과 소통이 용이함
창작과 독서 시간	산문형식을 사용함으로써 긴 서술전략 독서시간 많음	산문문장과 운문문장 혼용, 음악성 강화, 읽는 시간이 단축됨
독자 대중의 접근성	산문이므로 독자들에 대한 친근성과 접근성이 떨어짐	짧은 문장 시형식이므로 독자들에게 친근성과 접근성이 용이함

6) 가사문학과 시수필

가사문학[26]은 고려 말에서 조선 초에 걸쳐 발생한 문학의 한 형식으로 조선 중기 이후 사대부에 의해 폭넓게 향유되면서 사대부 가사문학의 중심으로 자리 잡아 개화기까지 계속되었다.

내용은 사대부들의 자연생활에서 몸에 밴 일체적 삶을 비롯하여 명승지의 유람, 유배의 체험, 유교적 이념의 구현 등을 주로 담고 있다.

형식은 1음보4음량에 1행4음보라는 기본율격을 지니었는데 4.4조의 운문과 산문의 중간 형태이다. 시가형식이면서 내용은 산문적 노래 읊조림 형태로 향유되었고, 대체로 한 행에 제약이 없으나 사대부 가사인 경우는 작품의 끝맺음 부분이 시조의 종장(3,5,4,3)과 같은 형식이다.

이에 혹자는 가사문학이 운문과 산문의 중간 형태이기 때문에 시수필도 산문이면서 운문적 표현을 하므로 같은 부류가 아니냐고 오해를 할 수도 있을법하다. 하지만, 가사문학은 앞에서 살펴본바와 같이 출발점이 시가문학이며, 기본율격을 갖는 형식이 분명한 시가이다. 그러므로 체험적 자기세계를 산문적 시적으로 자유롭게 표현하는 시수필과는 엄연히 다르다.

---

26) 네이버, 「한국 향토문화 대자 전 대전」 발췌(한국학 중앙 연구원)

다. 시수필 창작의 미적 급소 찾기[27]

제 1부의 시수필 이론에서 시수필의 작법을 어느 정도 체득했으리라고 믿는다. 시수필의 작법이라고 해서 일반적 수필 작법 범주를 벗어나서 생각할 수 없는 것이므로 「수필 창작의 미적 급소찾기」에서 일곱 가지를 발췌하여 시수필 작법에 도움을 얻고자 한다.

1) 소재의 선택

수필 작가가 소재를 선택할 때에는 체험을 바탕으로 한다는 것은 모두가 아는 사실이다. 여기에서 한 걸음 더 나아가 작가가 자신의 문학적 의도를 형상화 시키는 과정에서 비유적이 상징적이며 객관적인 상관물을 도입해야 할 것이다. 다시 말하면 작가의 창작 의도와 비유적으로 형상화하는 데 어울리는 적격의 소재를 찾아내고 이차적으로 그것이 지닌 최상의 삶의 방식과 존재 원리를 찾아내야 한다. 이와 같은 작업은 수필가로서 두고두고 탐구해야 할 과제이고 좋은 작품의 완성도를 높이는 지름길이 될 것이다.

2) 이야기 구조

이야기 구조는 어휘의 선택과 문장의 배열을 통해서 조직된다. 그 구조가 바로 작품의 문학적 의미작용과 내적 요소들의 미적 기능을 형상화하는데 결정적이다. 구조를 조직화하는 과정에서 특별히 인식해야 할 정보는 대체로 세 가지이다.

---

27) 안성수, 『수필오디세이Ⅱ』(전주, 수필과 비평사, 2015) pp245~265

첫째, 작가는 독자를 감동시키기 위해 시간 순서에 따라 배열된 순수한 소재차원의 이야기가 아니라 그것에 미학성을 가미하고 변형시켜서 문학적인 이야기로 재구성해야 한다.

둘째, 수필의 주제와 인물을 비롯한 모든 구성요소들도 이야기의 배열방식인 구조에 의해 고유한 미적 기능을 부여 받는다.

셋째, 수필 작품의 미적 울림 또한 구조에 의해 조절된다는 점이다. 어느 부분에서 동감하며 깨달음을 얻는 것은 이야기 구조를 그렇게 조직하고 조절한 결과이다.

3) 자기 철학과 인생 경계

수필의 철학성과 문학성은 수필문학을 지탱하는 두 축이다. 철학성은 수필의 주제와 의미, 작가의 사상과 미의식 등이며, 문학성은 미적 감동을 창조하는 힘이다.

이러한 것은 근본적으로 작가의 인생 경계(작품을 통해서 보여주는 인간과 자연, 우주에 대한 인식과 깨달음의 수준이나 미적 경지를 일컫는 말)와 밀접한 상관성을 갖는다. 그러므로 작가는 철학성과 문학성을 높이는데 끊임없이 노력해야 한다.

4) 인간상과 유머

인간상이란 수필 속에 행동의 주체인 인물이 보여주는 성격과 기질, 행동, 욕망뿐만 아니라, 그것들의 출처인 세계관, 우주관, 미의식 등을 통해서 보여주는 인간적 이미지이다. 수필은 기본적으로 작가의 고백적 이야기라는 점에서 그 이야기 속에 작가의 인간성이 풍부하게 내포되지 않으면 수필의 가치는 반감되기 마련이다.

　수필의 유머 또한 수필을 수필답게 하는 중요한 요소이다. 유머
는 수필 작가가 기본적으로 여유로운 심미적 거리 조정을 통해 만
들어 내는 격조있는 웃음이다. 그것은 작가가 대상(인물)의 행동과
사건에 대한 심리적 거리를 가깝게 설정하여, 그의 모순된 행동과
어리석음을 바라보며 웃는 웃음이다.

　5) 언어와 수사법

　수필 언어는 몇 가지 점에서 다른 장르와의 뚜렷한 차이를 보인
다.

　첫째, 수필의 언어는 난해하지 않는 수준에서의 함축적 기능과
감정 절제의 기능을 격조 있게 사용한다.

　둘째, 수필 언어는 산문어의 본질을 따르면서도 소설이나 희곡의
언어와는 달리 묘사와 설명, 대화의 사용을 절제하는 특성을 보인
다.

　셋째, 수필은 본성적으로 작가 자신의 인간적 정체를 솔직하게
드러내는 글이어서 품격 유지의 필요성을 안고 있다. 이러한 품격
은 작중인물의 언어와 행동은 물론 작품 전체의 수준에서도 미적
평가의 한 차원을 이룬다.

　넷째, 문장의 리듬도 수필 언어의 급소에 해당된다. 산문으로서
의 수필은 길지 않은 이야기 속에 주제와 자기 철학, 미의식과 품
격 등을 담아내야 하므로 함축성과 리듬성을 살리는 쪽으로 문장
을 갈무리해야 한다.

　끝으로 비유와 상징 등의 수사법도 수필 언어의 진미를 살린다.

비유와 상징은 궁극적으로 원관념과 보조관념 사이에 다양한 의미를 내포시켜서 의미작용의 입체화와 사실화를 돕고, 이를 통해서 독창적인 문학적 의미와 미적 감동을 창조하는 수사법이다.

6) 격조와 품격

격조와 품격은 서로 구별하여 쓸 수도 있는 개념이다. 우선, 격조의 서술어는 '있다 / 없다'로, 품격은 '높다 / 낮다'로 씀으로써 평가의 척도가 다르다. 격조가 품격의 성립조건이라면 품격은 격조의 질적 수준을 이르는 말이다.

일반적으로 수필의 품격 미는 실제 작가의 인간적 품격과 예술적 격조를 반영시켜 구조화, 형상화 된다. 그러므로 수필의 품격 미는 인격미와 구조미, 언어미 등의 유기적 상호 작용을 통해서 창조된다. 수필의 언어적 품격 미는 세련된 미의식을 내포한 언어를 사용할 때 이루어지고, 내용적 품격미는 작품이 담고 있는 전체 이야기의 수준과 격조에 의해 결정된다.

7) 미적 울림

모든 문학 작품의 목적은 절묘한 미적 울림을 강조하여 독자들의 감정을 중화(혹은 승화)시키고 인간상을 향상시키는 데 있다.

수필 작가가 미적 감동을 강조하기 위해서는 먼저 세 가지 차원의 울림에 대한 이해가 필요하다.

첫째, 미적울림의 가장 낮은 위계는 단순한 감각적 울림(메아리)의 단계로서 독자의 감각적 충만을 자극하는 수준에서 멈춘다.

두 번째, 미적 울림의 위계는 공명이다. 이것은 감각적인 것을 정신적인 차원까지 승화시킨 미적 진동으로써 감각적인 것보다는 한차원 높은 울림이다.

세 번째, 미적 울림의 위계는 영의 울림이다. 이것은 감각적인 것에서 정신적으로 승화시킨 공명의 울림을 다시 영적인 단계까지 끌어 올려서, 본질 자각의 수준에 이르게 하는 미적 울림을 가리킨다.

이는 모든 작가들이 예술작품을 통해서 궁극적으로 도달하고자 하는 원초적이고 원형적인 울림이라고 볼 수 있다. 하지만, 모든 작품이 독자를 고차원적 미적 울림의 세계로 이끌 수 있는 것은 아니다. 이를 지향하면서 작품을 창작해 나가야 할 것이다.

시수필의 실제

제2부 시수필의 실제

1. 안성수의 시수필 5편

우리나라 최초로 시수필 이론을 정립한 안성수는 현재 제주대학교 국어교육과 교수, 문학박사, 문학평론가로써 시수필 다섯 편[28]을 소개하고 있다.

"이제, 시수필의 형태를 보여줄 단계이다. 지면 관계상 짤막한 장편(掌篇)을 선보이기로 하겠다. 실험적인 수준이므로 독자들의 질문이 많을 것으로 생각되지만, 필자에게는 실제 체험을 간결하게 내재율적 리듬을 실어 구성하는 기쁨이 컸다. 시 형식의 수필이어서 산문으로는 맛볼 수 없는 비유와 상징의 경쾌함과 함축적인 말맛이 특별하게 다가왔다."[29]

라고, 시수필을 쓴 그의 소감은 인상적이다.

---

28) 안성수, 전개서, pp315~320
29) 안성수, 전개서, pp314~315

카나리아

집안이 적적하여 친구 삼아 길렀는데
어느 봄날, 바람난 수컷의 노랫소리에 정신을 빼앗겼다.
저음에서 고음을 자유로이 넘나들며
얇고 투명한 목소리를 굴리는 바이브레이션 창법은
신神의 마음에서나 들음직한 정교함과 화려함을 지녔다.

그날 저녁, 그 노랫소리에 취해 있다가
가까스로 정신을 수습한 뒤
문득 누군가가 저 새소리를 듣고 있는 것만 같아
깜짝 놀라며 주위를 둘러보았다.

카나리아는 그날 온종일 고개를 갸웃거리며
행복한 표정으로
지구 밖의 누군가와 긴 통화를 하고 있었다.

사랑방

티브이를 보면서 저녁을 먹다가
아내가 먼저 포문을 연다.
"사랑한다는 말을 왜 못해요?"
"그걸 꼭 입으로 해야 아나?"
이럴 땐 입을 무겁게 참는 것이 상책인데 깜빡했다.

"그 쉬운 걸 왜 못해요?"
"못 하는 게 아니라 안 하는 게지"
"우리나라 남자들은 그게 문제에요"
"그런 게, 격조 있는 조선 선비의 전통이잖소"
"시대가 바뀌었어요, 지금이 조선시대 유?"
저 입을 막든지 노여움을 풀어주어야 하는데
시원한 대책이 없다.

"그윽한 눈빛과 마음으로 전하면 되는 게지 뭐"
"요즘 남자들은 여자 심리를 너무 몰라요"
"그래도 우린 잘 살고 있잖소"
"그건 당신 생각 이죠"

꾹 참기로 한다.
아무래도 이 싸움은 이길 수 없는 게 분명하다.
근질근질한 혀끝을 앞니로 깨물며 궁리한다.

저 낯간지러운 말을 대신할 방법은 무엇인가.
티브이 속에서도 비슷한 말씨름이 소강상태다.

다음 순간 한 생각이 달빛처럼 떠오른다.
"오늘 시금치 무침이 너무 맛있어요"
"그래요!"
아내의 얼굴에 금새 화색이 돌기 시작한다.
나는 글방으로 향하면서 내 머리를 쥐어박는다.

고 백

미안하다. 안쓰럽다. 고맙다. 시큰하다...
이 말들을 화학실험실에서 섞으면 무슨 뜻이 될까
하루 일과를 마치고 기절한 듯
잠든 아내의 얼굴을 내려다보고 있노라면
이런 생각들이 벌떼처럼 밀려온다.

하늘은 무슨 인연으로 아내와 나를 묶어 놓았을까
나와 똑같이 바깥일을 하면서도
아침이면 먼저 일어나 식사준비를 해야 하고
공과금 관리며, 시장 보기며, 집안일을 도맡아 하다가
언제부터인지 한 쪽 팔을 제대로 쓰지 못하는
신경통 환자가 되었다.

오늘 저녁에도 판에 박은 일상의 연속이다.
천성이 게으른 나는 학교에서 돌아오자마자
신문에 고개를 박고 졸고 있는데
아내는 된장찌개를 덥히느라 이리 뛰고 저리 뛴다.
저 끝없는 노동을 사랑이란 이름으로 감당하면서도
가슴 깊이 철부지 딸과 미련한 남편을 안고 사는
저 바다같은 여인을 신神은 왜 어떻게 하시려고
말없이 내려다보고만 계신지 모르겠다.

잠든 아내가 지친 육신을 힘겹게 돌아 눕다.
끄응! 아-아-아!
미안하다. 안쓰럽다. 고맙다. 시큰하다...
이 말들을 화학실험실에서 섞으면 무슨 뜻이 될까
기절하듯 잠든 아내의 신음소리에
참고 있던 눈물 한 방울 솟는다.

풀꽃 같은

내 제자 중에는 풀꽃 같은 이들이 많다.
얼굴이 곱지도 몸매가 예쁘지도 않다.
그러나 곰곰이 뜯어보면
남다른 개성과 품격을 지니고 있어서
함부로 범접할 수가 없다.

그들에겐 이따금 원시의 냄새가 풍겨나고
먼 우주에서 갓 배달된
낯선 편지 같은 궁금증이 묻어있다.

그들의 눈빛과 가슴과 영혼 속에는
때 묻지 않은 순수의 언어들이
온종일 졸졸졸 흐를 것만 같다.

세상을 살면서 그런 풀꽃들을 만날 때마다
나는 하늘을 올려다보곤 한다.
풀꽃처럼

실존 연습

대학 1학년 첫 강의시간
이성선 시인의 「미시령 노을」을 앞세워
양떼들을 우주의 한복판으로 내몰았다.
처음엔 당황스럽고 두려워하다가
캄캄한 우주를 향해 거침없이 날갯짓을 한다.
그들의 상상력이 목성이나 천왕성쯤 도달할 때
나는 유령 같은 목소리로 첫 미끼를 던진다.

"여러분은 이 우주에 하나밖에 없는 존재들이다."

그 말에 숨죽이고 있던 청년들의 눈빛은
잠시 후 황홀한 빛을 뿜기 시작한다.
밤이 이슥해지고 별빛들이 은하수를 건널 때쯤
나는 두 번째 유형의 목소리를 강의실에 뿌린다.

"이 우주에는 각자의 직분과 할 일이 있다."

새내기들은 그제야 안도하며
더 높이, 더 깊이 상상력을 쏘아 올린다.

묵묵히 그들의 천방지축 비행을 지켜 보다가
성미 급한 별들이 블랙홀 근처에 서성이면
나는 보다 강력한 세 번째 메시지를 살포한다.

"지상과 우주의 꿈을 연결하라."

수군거리던 별들이 당혹스러워하자
나는 강단을 내려가며
조용히, 속삭이듯이
이성선의 시 한 구절을 다시 풀어놓는다.

"내 몸에 우주가 손을 얹었다."

나는 강의실 문을 열고 바람처럼 나가려다
탄식인지, 감탄인지 웅성거리는 소리에
다시 고개를 들이 밀어
힘차게 마지막 메시지를 날린다.

"지금부터 너희들은 하나의 우주다."

2. 김덕일의 시수필 100편

≪현대수필≫에 연재(2004년~2009년)되었던 안성수의 『수필 오디세이』에 반해서, 필자는 2013년에 '문학 장르 통합을 시도한 시수필집'이라는 명제를 내걸고, 『내 고향은 천사의 섬』졸작을 펴냈었다.

이 책 제1부에서는 '천사의 섬 신안군'을 오랜 기간 답사하고 읍·면 단위의 자연과 문화를 기록한 것인데 그 형태를 시적으로 꾸몄었고, 제2부는 예전에 발표했던 산문수필을 시수필로 재구성해 놓았었다.

이번에 선보이는 시수필 100편은 지금까지 발표한 수필집 4권 『혼자 두는 바둑』(서울, 대웅출판사,1995), 『세수 하나마나』(서울, 교음사, 1998), 『너의 길 나의 길』(광주, 도서출판한림, 2004), 『내 고향은 천사의 섬』(광주, 도서출판해동, 2013)에 수록된 산문수필들 중에서 엄선하여 시수필로 작성한 것이다.

산문수필을 시수필로 재구성할 때 다음과 같은 점에 유념하도록 노력했다.
* 수필 제목을 선명하고 간결하게 표현한다.
* 잡다하게 긴 설명내용을 줄이고 삭제한다.
* 수필전체의 특징을 살리면서 함축한다.
* 짧은 문장 활용으로 시적표현을 극대화한다.
* 수필의 내적의미를 창의적으로 확대한다.
* 상징적 상상표현을 인용하여 생각 폭을 넓힌다.

혼자 두는 바둑

젊어서 바둑 두기를 좋아했다.
둘이서 바둑 놓다 보면 날 샌 적이 다반사였다.

두 사람의 정신적 싸움은 매몰스러웠다.
서로 집짓기를 방해하려고 놀부의 심지를 불태웠다.
너스레는 간 곳 없고 숨소리마저 잦아든다.

최근에 혼자 두는 바둑에 심취하고 있다.
억척스런 기만전술이 없어서 좋다.

기필코 이겨야 한다는 치졸한 욕망도 없다.
오직, 위기십결의 삶의 법칙을 연마하면서
자신과의 싸움을 계속한다.

승자도 내가 되고 패자도 내가 된다.
삶의 경쟁에서 가장 무서운 적은
남이 아니라 바로 나 자신이 아니던가?

혼자 두는 바둑은 내 인생의 행로이며
내 마음 속의 우주이다.

혼자 두는 바둑을 더욱 수련하고 싶다.
속임수 없는 정정당당한 삶을 살기 위함이요
무욕의 경지에서 최선을 다하며 살기 위해서다.

인생의 한 살이는 한 판의 바둑놀이가 아닐까?
지금까지 나의 인생 바둑은 어떠했을까?

실수 한 적은 없었는지?
헛수는 안 놓았는지?
포기한 수는 몇 수나 되는지?

흰 돌이라고 오만 않고,
검은 돌도 부끄러워하지 않을 것이다.
이겼다고 뽐내지 않고,
패하더라도 실망하지 않으리라.

얻고 잃음과 이기고 지는 것은, 자연의 섭리인 걸.
어찌, 얻기만 하고 이기기만 할 것인가.

교육자와 원예가

출퇴근할 때마다 나주평야의 비닐하우스를 지나친다.
농부들의 따뜻하고 부지런한 손길이 잔설마저 녹인다.

문득 학교와 비닐하우스, 교사와 농부가 비교된다.
학교는 사람을 가르치는 곳이고 그 주인공이 교사다.
비닐하우스는 식물이 자라는 곳이고 주인공은 농부다.

농부들은 새벽에 일어나 비닐하우스로 달려왔다.
원예, 화훼류의 건강상태 체크는 이미 끝났을 것이다.
이상적인 실내온도를 맞추고 통풍도 했을 것이다.
관수, 병충해 등의 점검도 마쳤겠지.

농부는 모든 일을 온종일 하다 못하면 저녁까지 한다.
비가 오나, 눈이 오나, 덥거나, 춥거나 1년 내내
한 그루, 한 포기마다 흙을 북돋고 풀을 뽑는다.

휘고 비뚤어지지 않게 보호대나 지주를 세운다.
열매는 받쳐주고, 넝쿨을 묶어 떨어짐을 방지한다.
한 알의 건강한 열매를 얻기 위해 정성을 다한다.

학생 성장을 돕는 일을 업으로 하는 나는 어떠한가?
일찍 출근하고 늦게 퇴근하라면 짜증내고 불평했다.

청소, 환기, 온도는 이상 없는지 신경을 쓰지 못했다.
교실의 정리정돈과 보건위생관리를 소홀히 했다.
낮에 못한 일은 내일로 미루었고,
야근해야 할 일이 생기면 짜증이 먼저 났다.

방학이 끝나고 더 쉬고 싶어 하지는 않았는지.
개별학습이 귀찮아 일제 학습을 하지는 않았는지.
문제아지도를 사랑과 정성으로 열의를 보였는지.

따돌림에 시달려 괴로워하는 학생을 발견하기 위해
개개인을 세밀하게 관찰해서 보호해 주었는지.
좋은 인재를 얻기 위해 연구하고 실천했는지.

인간 성장을 돕는 교사는
분명 식물의 성장을 돕는 농부보다
그 역할이 훨씬 더 중요하다.

교육자인 나는 원예가인 저분들 보다
책임감과 애착심이 더 강했던가?
사랑과 정성, 노력이 더 많았던가?
궁리 개척하려는 의욕이 더 강했던가?

얼굴이 화끈거리고 쥐구멍에 들어가고 싶다.

고향의 모깃불

모기에 물리면 어렸을 적 모깃불 추억이 난다.
모깃불을 놓는 것은 내 몫이었다.
모깃불 감은 보릿대가 안성맞춤이다.

한소쿠리 가득 담아 마당 한쪽에 붓고,
활활 타지 않도록 그 위에 풀을 얹는다.

성냥으로 불을 붙이고 입 바람을 공급한다.
불꽃이 시원치 않으면 웃옷을 벗어 빙글빙글 돌린다.
때로는 땅바닥에 얼굴을 묻고 휘파람을 분다.
풀무질에 머리가 띵해지기 일쑤이다.

모깃불을 배경으로 한편의 멋진 드라마가 펼쳐진다.
멍석위의 저녁밥상에 둘러앉은 식구들

일했던 하루 이야기를 나누며 밥을 먹는다.
순식간에 밥그릇 비우는 소리가 요란하다.
건강한 삶의 환희 속에 행복의 깃발이 나부낀다.

저녁밥을 먹고 나면 할아버지 옛날 얘기에
손자 손녀의 실눈들이 토끼눈이 된다.

아빠와 아들은 농기구 손질.
엄마와 누나는 다리미질.

설거지 끝낸 며느리 옥수수 함지박을 대령한다.
온 식구가 구수한 맛을 혀끝에 굴리면서
못 다한 이야기꽃을 피어낸다.

매캐하고 알싸한 모깃불은 약해졌다.
이악스런 모기들이 윙윙거리며 자정을 알린다.
옛날 얘기에 취해 아이들을 옮기고
식구들이 제각기 잠자리에 든다.

모깃불 감을 두둑이 쌓고 멍석에 누워 하늘을 본다.
찬란한 별바다에 은하수가 흐른다.
견우와 직녀가 마주보며 강물을 원망한다.
칠월 칠석을 기다리는 눈동자는 빛나고 있었다.

개구리가 텃논에서 자장가를 불러준다.
눈썹을 붙이기가 바쁘게 꿈나라로 간다.
모깃불 쑥 향이 코 속을 후빈다.
고향의 모깃불은 시골집 파수꾼이 된다.

어느 토요일 오후

만물이 하루의 피곤한 늪에 빠져 들었다.
꿈나라를 찾아간 자정이 넘어서였다.

솜털처럼 포근해야 할 잠자리가 뒤숭숭 하다.
낮에 있었던 일을 피안의 나래에 잠재우려고 하지만
그럴수록 엎드려 구걸하던 그 사람의 모습이
영롱한 진주알이 되어 뇌리에 클로즈업 된다.

토요일 오후 아내와 함께 충장로로 쇼핑을 갔다.
빽빽이 밀려오고 밀려가는 무리에 휩싸여 나아간다.
앞사람들이 한 평 남짓한 공간을 맴돈다.

군중 틈새로 들여다보니 불혹의 남자가 엎드려 있고
턱 밑에는 바구니가 놓여있었다.
동전 몇 닢을 꺼내 바구니에 넣었다.

10대에는 걸인을 보면 불쌍하다는 생각이 들었다.
20대에는 걸인을 보면 못 본 척 지나는 편이었다.
30대에는 넣을까말까 망설이고 지나치며 쑥스러웠다.
불혹이 되어서 동전 몇 닢씩을 넣기 시작했다.

귀가하는 버스 속에서 아내가 속삭였다.
"틀림없이 당신 백 원 아니면 이 백 원 넣었죠?"
"천원이나 주지"하며, 말끝을 흐린다.
형식적인 나의 적선 습관을 아내는 꿰뚫고 있었다.

많은 사람들이 그냥 지나가는데
한두 푼이라도 도왔다는 오만함은 아니었을까?
지천명이 되어서도 깨우치지 못함이었다.
좌우간에 인색함은 틀림없었다.

남을 돕는 데는 참 사랑이 바탕이 되어야한다.
진솔함이 잉태되어 영글어야한다.
너그러움과 포용의 마음이 깃들어야한다.

그들의 마음을 뜨거운 가슴으로 읽어야 한다.
그 속에서 역지사지해야 한다.
그 분들 눈 속에서 내 눈물을 닦아내야 한다.

어느새 새벽 종소리가 토요일 오후의 부끄러움을
천사들에게 실어 나른다.

너도 늙어봐라

"너도 늙어봐라 그럼 내 속 알거다."
어머니께서 누님께 꾸짖던 말씀이다.
30초반에 아이들을 꾸짖는 나를 보고,
"너도 자식 낳고 키워보니 어미마음 알 것 제?"
지금은 어머님도 누님도 모두 내 곁을 떠나셨다.

"너도 늙어봐라 내 속 알 거다."
"너도 자식 낳고 키워보니 내 마음 알 것 제?"
생활 경험에서 절로 나온 어머님 말씀!
어찌, 그리도 명언 중의 명언인지.

삶의 방법이 세월 속에 있음을 가르쳐주는 것일까?
모든 일은 노력과 시간이 필요함이라는 뜻일까?
차고 넘침도 모자람도 없는 중용의 미덕일까?

'세월이 약이다'라는 말이 있다.
이는 삶의 포기가 아니라 시간속의 지혜로움이다.
지천명에 와서 조금 깨우치는 '너도 늙어봐라'는 말은
나만이 체험하는 것일까?
세월은 인생을 가르치는 스승이런가?

낙서 문화

아메리카 합중국, 가보고 싶은 나라였다.
케네디 공항에 내려 맨해튼으로 이동하는 중이었다.
지하 터널 입구 양쪽 콘크리트 낙서에 토끼눈이 됐다
눈에 들어오는 것들을 보고 놀라지 않을 수 없었다.

벌레 모양의 크고 작은 글씨, 가늘고 굵은 숫자
무엇을 상징하는 것인지 알 수 없는 여러 가지 기호
낙서의 길이는 약 백 미터요, 폭은 오십 미터 정도.
낙서판 역시 세계 대작중의 대작이라고나 할까?

지구촌에서 가장 큰 도시 뉴욕.
그 심장부 빌딩 숲의 섬 맨해튼의 진입로.
하루에도 수 만 명의 외국인들이 드나드는 관문인데
낙서를 방치해 놓고 있다니 도저히 이해가 안 되었다.

가이드에게 설명을 요청했다.
처음엔 서클들이 자기들 상징을 벽에 그렸고
점차 조직의 세를 과시 단합하는 선전벽보가 되었다.
그 낙서에 대하여 거부감을 갖지도 않고 무관심하며
지우지도 않는다는 것이다.

10일간 미국 동부를 돌며
김칫국에 저렸던 의식이 눈을 뜨게 되었다.
개인 인격을 최우선적으로 존중해 주는 사회질서.
자유민주주의가 극도로 팽배된 국민의식.

'보기 흉함'이라는 공익성 보다는 '개인 자유'라는
인격을 더욱 중요시 한 것이 분명하다.
낙서는 자유를 바탕으로 한 권리이기에
지우는 것 또한 개인 책임, 의무이리라.

미국의 낙서문화 속에는 자유와 개성
의무와 평등이 용해되어져 있는 것 같다.
그러기에 개척정신과 창조정신이 꽃을 피웠을까.
그래서 250년 짧은 역사로 제1의 강대국이 되었을까?

독립 건국이념이 자유와 평등이었다고 하니
모든 국민의식은 거기에서 출발 했으리라.

10여 종족이 함께 가는 거대 한 공룡 한 마리
세계 향해 포효하는 원동력은 낙서문화가 아닐까?

인생은 60부터

2005년 2월, 45년을 몸담았던 교직을 떠나왔다.
한 평생 꿈과 희망과 보람의 생활터전이었던
교정을 나오면서 빌고 또 빌었다.
"인생 후배 제자들아!
꼭 사회에 빛과 소금이 될 자질을 키워라."

2월 끝날, 도교육청 훈·포장 전수식에 참석했다.
2백여 명의 교원들이 종착역 안착을 자축하는 듯
희희낙락의 표정들이다.

얼굴엔 인생 나이테의 깊은 골이 생겼고
희끗희끗한 머리카락은 60초반을 직감케 했다.
선후배들과 정년 후에 할 일에 대해 의견을 나눈다.
모두 인생은 60부터라는 희망을 설계하고 있었다.

어떤이는 벌써 대학교 평생 교육원에 등록하였고,
다른 친구는 컴퓨터 공부와 판소리를 시작했단다.
한 선배는 골프를 하겠다고 기염을 토하고
한 후배는 소규모 자영업을 구상했다고 한다.
희망과 꿈은 인생 삶에 있어서 행복의 원천이다.

행복의 전제 조건으로는 원만한 가정생활이다.
자신의 정신적, 신체적 건강유지가 필수적이다.
필수 조건을 충족시키는 것은 희망과 꿈이다.
꿈이 없인 행복의 파랑새는 둥지를 틀 수 없다.

제89대 미국 대통령이었던 지미카터는
최근에 저술한 책 '나이 드는 것의 미덕'에서
70대를 맞아 자신은 가장 기쁘고 신난다고 했다.

무엇이나 적극적으로 시도해 보라고 권하고 있다.
어떤 일에 실수를 해도 움츠러들지 말라고 한다.

인생은 60부터라고 하는 제2의 인생출발 시점
새 삶을 도전할 때 필요한 것은 건강이 아닐까?
건강은 내가 선택하고 생활습관이 관건일 것이다.

취미생활과 종교생활도 좀 더 열심히 할 것이다.
모든 것이 지속화 될 수 있게 노력하리라.

풍란 산책

풍란에 물을 주며 속삭여 온 삶도 어언 10여 년이 넘었다.
맨 처음 돌에 풍란을 올려 키운 것이 1990년이었다.

산행할 때마다 풍란 올릴 돌이나 나무를 수집했다.
봄이면 부부는 화원에서 풍란을 사다 작품을 만든다.

우리 집에서 매일 물을 받아먹고 사는 풍란들
대표적인 것 세 그루에 대해 산책해본다.

첫째, 열세 살이 된 소엽풍란이다.
그가 사는 집은 장화 모양의 퇴적암이다.
소엽풍란을 붙인 것은 우리 부부의 첫 솜씨였다.
실로 돌을 수십 번 돌리면서 풍란을 얽어맸다.

고맙게도 한 촉도 죽지 않고 둥지를 틀었다.
요즈음은 해마다 은백색 꽃을 피워준다.
365일 보살핌에 보답 한다는 뜻일까?

녀석에게 감사, 은혜, 고마움을 배운다.
남은여생 향기를 선사하라고 일러주는 것이리라.

두 번째는 화원에서 구입한 전문가의 작품이다.
입석의 폭이 8cm이고, 위는 25cm로 가분수형이다.
10년 세월을 살아온 진초록 잎줄기는 우산이 되었다.

뿌리는 얽히고 설키면서 몸통에 그물망을 만들었다.
세상살이가 평원만 있는 것 아니라고 일러준다.

다음은 석회석에 둥지를 튼 부부의 두 번째 작품이다.
전문가에게 배운 방법을 적용 곧바로 고정이 되어졌다.

한 폭의 그림 같은 돌에 한가로이 졸고 있는 풍란
나의 삶의 꿈이요 모습이며 희망이 아닐 런지.

60대 후반을 사는 우리 부부는
풍란에 더욱 가까워지려고 노력하고 있다.
물을 분무하며 때때로 시비하고 잎을 닦아준다.

그들은 고맙고 감사하다고 방긋방긋 웃는다.
우리도 정성들여 그들을 돌봐주며 웃음으로 답한다.
서로 건강하고 행복하자고 공생을 약속한다.

기 다 림

초등 6학년 때 기다림은 중학교 입학이었다.
큰 사전 부피의 입시 문제집을 두어 번 풀었다.
전국 주요 중학교 3년 동안 출제 문제였다.
기다림은 열매를 맺어 병설중을 거쳐 사범학교에 진학했다.

초등학교 교사를 위한 품성과 지식 등
유능한 교사가 되기 위한 3년간의 수련은
가장 고귀하고 값진 긴 여정의 기다림이었다.

스물한 살 초등 교사가 되고 매년 학급을 담임했다.
온갖 정성을 다해 올 곧게 성장하기를 기대한다.
한 해의 기다림은 삶의 존재감을 더욱 벅차게 해주었다.

탈 없는 군대 생활과 제대, 가정을 이루는 일
자녀를 양육시키는 일, 교육자로서의 직위향상 등
그 때마다 기다림이 있었고 삶이 지속되었다.
나는 이제까지 기쁨의 기다림 속에서만 살아왔다.

기다림은 등불만을 밝혀주는 것만은 아니다.
질병으로 인한 죽음의 기다림도 있을 것이고

추락하는 절망감의 기다림도 있을 수 있다.
부모형제 슬픔의 기다림 또한 한이 없을 것이다.
바램이 물거품이 되고 뜻대로 되지 않을 때도 있다.

기다림은 삶의 필연성이 아닐까?
삶이 있기에 기다림이 있고
기다림 있기에 삶이 존재하는 것.

인생은 기다림의 연속이다.
좋은 기다림이 있는가하면 궂은 기다림도 있다.
희로애락의 기다림들이 하루, 한 주, 한 달,
일 년의 생활 속에서 몇 번씩 왔다 가고 또 온다.

생의 여정에서 발현되고 소멸되어지는 기다림은
마음 아프게 하는 속성도 있음을 깨달아야겠다.

만남의 기다림, 기쁨의 기다림, 희망의 기다림도 좋지만
이별의 기다림, 슬픔의 기다림, 절망의 기다림도
수용할 도량을 키워나가야 되겠다.
기다림은 우주의 신비인데 어인 투정인고?

낙엽의 한 살이

낙엽의 한 살이는 인생행로와 같다.
태어나고 자라고 늙어져 죽는 것이…
다른 점은 너는 윤회, 나는?

낙엽의 한 살이는 겨울눈으로부터 시작된다.
겨울눈은 귀틀집을 짓고 엄동설한과 싸운다.

봄이 되면 파란 하늘이 그리워 눈을 뜬다.
새눈은 시간을 거듭해 신록으로 변해간다.
신록은 꽃을 피우며 열매를 맺게 한다.

잎파랑이는 단풍으로 변신한다.
수채화를 그리다가 떨어진다.
더 큰 베풂의 꿈을 안고 희생의 길로.

낙엽은 차곡차곡 쌓여서 썩기 시작한다.
새 생명의 밑거름이 되기 위해서일 게다.

낙엽은 영원히 죽지 않는다.
새싹들의 몸속에 영양분으로 세상에 온다.
그리고 잎으로 성장해서 또 낙엽이 된다.

오! 거룩한 낙엽의 윤회여!
함께하지 못한 나의 길이 안타깝구나.
인간도 윤회하였으면 좋으련만.

세수하나마나(1)

나에게는 두 가지 별명이 있다.
하나는 30대에 얻은 '세수하나마나'이고
다른 하나는 50대에 붙여진 '하회탈'이다.

세수 하나마나 한 얼굴로 인해
간혹 연극 한 토막의 주인공이 된다.

둘째 딸이 고등학교 2학년 때였다.
"아빠도 엄마 피부였다면 내가 더욱 예뻤을 텐데"
"네가 조금만 더 검었더라면 세계적인 미녀가 되었을 거라고
아빠는 항상 아쉬워한단다."
온 가족은 한바탕 웃음꽃을 피웠다.

어느 날 아침 교실을 둘러 볼 때였다.
"아저씨! 교실 문 좀 열어 주세요!" 라고 한다.
열쇠 꾸러미를 가져와 열쇠를 따주면서
내가 누구냐고 물어 봤다.

내 얼굴을 위 아래로 훑어보고 의아한 표정으로
"청부아저씨(학교보조원) 아니어요?" 라고 되묻는다.
옆에 있던 친구가 교감선생님이라고 일러준다.

그는 홍당무가 되면서 안절부절 어쩔 줄 몰라 한다.
"괜찮다. 네 잘못이 아니고 내 잘못이다."
"세수하나마나 한 얼굴이 판단을 흐리게 해서 미안쿠나."
모였던 학생들이 배를 움켜잡는다.

사람을 흙으로 만들었다는 설이 있다.
조물주가 흙으로 빚은 사람을 가마에 넣고 불을 지폈는데
설익은 백인, 많이 익은 흑인, 알맞게 익은 황인이 되었다.

황인종 중에서도 약간 더 구워진 내 얼굴은
걸작 품 중에서도 걸작 품이 아닐까?
그러기에 항상 하느님께 감사하며 살아가고 있다.

내 자신의 모든 것을 긍정적으로 받아들이려고
노력하며, 슬기롭게 극복해 나갈 때 마음은 기쁘다.
이런 것이 참 삶의 방법이요, 행복의 길이 아닐지?

하얀 누룽지 보다는 약간 노란 누룽지에서
우러나오는 숭늉 맛이 훨씬 고소하지 않던가!

세수하나마나(2)

'세수하나마나한 얼굴!'
별명을 감사하며 20여년을 살다보니
마음도 세수하나마나인 것을 깨닫게 되었다.

다른 사람들에게 한 점 부끄럼 없는지?
반성하고 잘못하며 용서 빌고
돌아서면 또 죄스런 짓을 한다.
이러한 인간의 마음과 행동은
'세수하나마나'가 아닐까?

어쩜, 인간은 속는 것을 알면서
속아주고 사는 것은 아닌지?
우리들의 이중성은 필요악일까
아니면 선을 위한 행위일까?
창조주는 알고 있겠지.

인간은 나 너 할 것 없이 이중성의 존재다.
너도 나도 모든 사람들이 "세수하나마나"이다.
하루에도 몇 번씩 세수하면서 살아야 할 것 같다.

종교를 갖는 것은

종교를 갖는 것은 갖지 않은 것보다 좋을 것이다.
남에게 해가되는 일을 적게 하게 될 것이고,
화가 치밀 때 진정시켜줄 수 있을 것이며,
안정을 되찾게 해줄 수 있을 것이기 때문이다.

신앙생활은 촛불과 같다고나 할까?
촛불은 계속 지피지 않으면 꺼지기 마련이다.

종교가 마음의 등불이라면, 등불을 계속 안 켜면 꺼지는 것은
필연인데, 식어져 가는 신앙심을 더욱 냉각시킨 계기가 왔었다.

"뜻으로 본 한국역사"였다. 저자는 성서를 실천하는
독실한 기독교인으로서 '무교회주의자'였다.

그는 "신앙은 개개인의 마음에서 실천되어지는 것이고
내면적이기 때문에 외형에 억매여서는 안 된다." 했다.

결국 '뜻으로 본 한국역사'는 나의 마음을 빼앗아갔다
엎친 데 덮친 격으로 수백 가지의 교회 종파들 난립!

교회와 담 쌓은 지 40년이 되어 60고개가 넘었다.
'종교란, 인간과 절대자의 관계' 라고 생각하니 마음이 가볍다.

'우주의 절대자'를 '창조주'라고 불러도 좋고,
'하느님!' 그 밖의 호칭도 상관없을 것이다.
오직, 그분만이 삼라만상을 있게 하고 운행한다.

그래서 결국 종교의 중심은 '신의 존재'이며
무신론을 주장하면 종교는 성립될 수 없을 것 아닌가.

자식이 부모님을 공경하고 효도하듯
인간을 있게 하고 보살펴 주는 조물주 하느님!
그분께 감사하고 흠모하며 가까워지려는 의식
이 또한 사람으로서 취해야 할 도리가 아닐까?

10대 후반 반성하는 것이 믿음으로 생각했다.
갈등이 신앙생활을 막았고, 비신자로 방황했다.

이제는 인간이기에 하느님께 가까워지려고 하는
원초적 의무가 종교임을 알았기에 신앙생활을 잘하고 싶다.

종교를 갖는 것은 우주의 신비를 믿는 것이다.
우주의 섭리에 순응하고 우주를 내 가슴에 품은 것이다.
종교생활은 곧 우주의 신비스러움과의 대화이리라.

마음의 창

각종 건축물에는 다양한 창이 있다.
창은 기능, 구조, 위치에 따라 명칭이 달라진다.
건축물의 창도 마음의 창 이름을 닮은 것 같다.

기능별로 보면, 따뜻함을 주는 채광창/웃음을 주는 환기 창/
빛과 소금이 되는 보조 창/ 뽐내고 멋을 부리는 장식 창/
화냄을 잘하는 특수 창 등이 있다.

구조에 따르면, 고집불통 외미닫이/ 가동가서 양미닫이/
외골수 한쪽 오르내리 창/ 좌충우돌 회전 창 등이 있으며

형태별로 보면, 만사태평 둥근 창/ 송죽절개 삼각 창/
타협조화 팔각 창/ 사랑봉사 하트형 창/
남을 얕보는 고창高窓/ 겸손미덕 저창低窓 등이 있다.

나는 어떤 창이 되어야 할까?
온화, 웃음, 봉사 위해
채광창, 환기창, 보조창이면 좋겠다.
협력, 타협 위해
양 미닫이나 두 짝 오르내리창도 괜찮겠다.

조화, 사랑, 겸손 위해
팔각 창, 하트형 창, 저창이면 좋으련만.

마음의 창을 열어 놓고 살고 싶다.
맑고 신선한 공기가 들어오게
초가집, 슬레이트집, 기와집, 양옥도 볼 수 있게
잘사는 자, 병든 자, 가난한 자도 볼 수 있게

마음의 창을 닦으며 살고 싶다.
진리와 정의를 발견할 수 있게
남을 위하고 대의를 쫓는 눈을 뜨게
고마움과 감사함을 선사할 수 있게.

마음을 찍어 볼 수 있는 사진기가 있었으면 좋겠다.
마음의 창을 항상 잘 닦고 열고 사는지를 비춰 볼 수 있게.

망상어와 큰 가시고기

요즈음 겨울철 들어 TV시청 시간이 많아졌다.
퇴직 후 남아도는 시간을 낭비 하려는 방편일까?

우연히 '망상어'와 '큰 가시고기'에 대하여 시청하였다.
그들의 새끼 번식 희생 모습을 보면서 눈시울을 적셨다.

일반적으로 물고기들은 암컷이 알을 낳으면,
수컷들이 정액을 뿌려 체외수정을 한다.

하지만 '망상어'는 독특하다.
정액이 겨울에 암컷의 난소에 들어가고
잉태된 새끼는 5개월 후 나오며 어미는 죽는다.

'큰 가시고기'는 수컷이 나뭇가지를 물어다 집을 짠다.
그 위에 수초를 물어와 덮으며 이엉을 엮고
보금자리에 암컷을 데려와 알을 낳게 하고 수정시킨다.

15일이 지나 알에서 새끼들이 부화하고
새끼가 둥지 밖으로 나가면 즉시 물어온다.
하루가 지나 새끼들이 완전해졌다고 생각되면,
수컷은 임무를 다하고 죽는다.

뭍에서도 새끼를 번식 시킨 후 죽는 것이 있다.
그 대표적인 것이 '거미'인데, 알집서 부화된 새끼거미는
죽은 어미를 뜯어 먹으며 성장한다.

미물들의 종족번식을 위한 희생적인 모정과 부정!
만물의 영장이라 칭하는 내 얼굴이 화끈거린다.

키우고 가르치며 시집 장가보내기까지
손발이 닳고 검은머리가 흰머리가 되었다고
자식들에게 푸념을 한 적이 있다.
자식들은 손을 꼭 쥐어주면서 감사하다고 했었다.

그들이 '망상어'나 '큰 가시고기'의 부모 희생을 안다면
속으로 이 아비를 얼마나 냉소했겠는가?
이젠 자식들에게 두 번 다시 그런 말을 하지 않으리라.
그들 생활에 더욱 애정을 가질 것이다.

요즘 아기를 낳아 양육을 포기하고
영아원이나 고아원으로 보내는 엄마 아빠를 '망상어'나
'큰 가시고기', 그리고 '거미'가 보면 무엇이라고 말을 할까?

용 서

요즈음 '용서'라는 의미에 대한 고민이 많아졌다.
이순耳順의 중반을 넘기는 삶이지만
간혹, 귀에 거슬린 소리를 들으면 소화를 못 시킨다.

어려서 타인으로부터 순하다는 말을 많이 들었다.
천성이었을까? 아니면 표현력이 부족해서였을까?
용기가 없고 도전성이 부족 되는 것이 용서였을까?

철이 들어 직장생활을 할 때, 상사의 불합리한 언어나
행동을 보고, '그럴 수도 있겠지' 하고 넘어갔다.
불의에 눈감으며 인내하는 것이 용서였을까?

학생들을 가르칠 때 잘못하면 곧바로 꾸짖다가
'청소년은 미완성인데' 하고 너그럽게 타일러 줬다.
아량을 베풀고 알고도 모른 척하는 것이 용서였을까?

용서란 삶에 없어서는 안 될 중요한 도덕적 덕목이다.
용서는 도덕성이기에 너와 나의 마음은 일치할 수 없다.
해서, 용서함은 사회 혼란을 우려할 필요가 없을 것이다.

예수께 "일곱 번이면 되겠습니까?"하고 물었을 때,
"일흔 번씩 일곱 번이라도 용서하라"고 했다.

음미해 보면 '용서란 끝없이 아량을 베푸는 일'이다.

용서는 지속적인 진실을 바탕으로 백 번, 천 번이라도
행해져야 할 속성을 지니고 있다.
용서는 무한이며 속마음의 표현이다.
용서는 사랑으로 감싸주는 행동 이어야 하지 않을까?

이제부터라도 용서의 삶을 위해 노력하고 싶다.
그러기 위해서 먼저 귀를 순하게 다듬으리라.
듣는 이야기에 대해 속상하거나 화냄이 없어야 되겠다.

다음에는 눈을 순하게 관리해 나가야 될 것 같다.
잘못된 것을 보고 노하지 않고 부드럽게 조언하리라.

마지막으로 입을 순하게 할 것이다.
불평, 부정, 퉁명스런 언어구사는 삼가야 되겠다.

이순耳順하고
목순目順하며
구순口順하는 삶을 살리라.

빛고을 무등

빛고을 무등산 물을 먹고 산지 어언 25년.
강산이 두 번 변했을 것 같은데 비슷하기만 하다.

빛고을 이름은 역사만큼이나 변화무쌍하다.
연혁지를 근거로 보면 지명이 19번이나 바뀌었다.
광주가 열네 번이고, 무진은 세 번, 무주는 두 번이다.
940년 전인 1070년부터 무등 골을 광주라고 불러왔다.

조상들의 선경지명에 감탄을 금할 길 없다.
광주는 전국 평균일조량 보다 21%나 많다고 한다.
과학이 미흡할 때 어떻게 알고 지명을 지었을까?

빛은 물체를 볼 수 있게 하는 일종의 '전자기파'란다.
태양이나 고온의 물질에서 발하는 광光을 말한다.
일반적으로 빛 하면 태양을 연상하게 된다.

태양은 만물을 있게 하는 원동력이다.
생물을 탄생케 하고 성장, 소멸케 하는 근원이다.
해서, 예로부터 인간은 태양을 우러러 숭상했을까?

태양의 노여움을 사지 않으려고 백방으로 노력했다.
지금도 태양은 인간의 희망이며 등불일 수밖에 없다.

빛의 특성은 직진으로 반사하고 또다시 직진한다.
직진은 곧게 나아간다는 것. 그래서 광주시민들
불의를 보면 참지 못하는 것일까?

해발 1,180m의 무등산 정상에 올라 내려 보라!
동·북쪽으로는 작은 구릉이 파도처럼 흘러내리고,
서·남쪽으로는 시가지만이 펼쳐지는 모습이다.

해서, 무등無等(등급 없음) 이라고 했을까?
등급이 없으면 계급이 없고
계급이 없으면 평등하다는 뜻이다.

무등 품에 태어나고 그 빛 속에서 성장한 광주인!
예로부터 지혜롭고 슬기로운 역사를 이끌어 왔다.
광주학생운동과 광주민주화운동을
계승 발전 시켜야할 책무를 안고 있다.

빛고을 광주는 이제 아시아의 울을 넘고 있다.
광산업 중심지로서 광 엑스포와 빛 축제도 개최했다.
아시아의 문화전당으로 발돋움하고 있다.

천부경과 백두산 족

유달리도 무더위가 기승을 부리는 8월 중순이었다.
네 명의 죽마고우가 만나 밤새워 정담을 나눈다.
단군 이전의 반만년 역사가 또 있단다.

그러므로 중국 문화도 우리의 전통문화 뒤란다.
말도 안 되는 소리라 했더니 책이름을 적어준다.

고희 넘어 처음 듣는 말이라 확인해 보기로 결심을 했다.
서점을 들려 며칠을 찾다가 터미널 서점에서 발견했다.
새로 산 책이름이 신비하고 길기도 했다.
"천부경天符經의 비밀과 백두산 족 문화." 455쪽이었다.

제1부는 천부경의 비밀이었다.
천부경은 민족 시조 대황조大皇祖의 우주의 운행원리라고 한다.
81자의 경經. 약1만년의 역사를 간직하고 있는 것이란다.

단군고조선 반만년이라고, 각인된 역사의식이 혼란스러웠다.
끝가지 읽어보고 싶은 호기심은 더욱 충만 되어졌다.
천부경은 유래와 맥, 홍익인간, 수리적 공식,
해설도 이해가 힘들지만 원문은 알 수가 없었다.

제2부는 백두산족 문화를 기술했다.

책 내용이 특이하고 난해하여 일반용이 아니었다.
하지만, 다음과 같은 몇 가지 의문점을 던져본다.

* 겨레의 첫 조상이 단군 이전의 대황조 한배검 이었단 말인가?
  정말로 만년 이상 역사를 간직하고 있는 것일까?

* 우리 민족은 인류 최초의 동방문명을 건설한 백두산문화권
  주역이었을까? 그리고 그것을 중국, 일본에 전파했을까?

* 참말로 천부경이 우리 백두산 족의 뿌리요 얼이요
  인류의 정신철학으로서 홍익인간 이념이 되었을까?

* 홍익인간이념에 내재된 사해평등, 인류평화가 실현되어
  우리 민족은 그 주역이 될 것인가?

백두산족 천부경 사상을 연구한 분들께 감사한다.
쉽게 일반화 보편화 되었으면 하는 마음 간절하다.

달 속에 내가 있다

오곡백과가 익어가는 중추절이다.
올해는 결실의 멋스러움이 늦어지고 있다.
날씨가 30도 웃돌아 여름을 방불케 하는 한가위였다.
하지만, 중천에 뜬 달은 어느 때보다도 맑고 밝았다.

둥근달은 나를 집에서 끌어내어 공원으로 안내했다.
어느 한 구석도 부족함 없이 꽉 찬 원 속에 토끼들.
떡방아 절구질 모습이 동심을 일깨워 준다.

어렸을 적 초생달이 생각난다.
해가 숨으면 새 색시 눈썹이 서쪽 하늘에 나타난다.
며칠 뒤에 보면 초생달은 어느 짬에 반달이다.
일주일 동안 날마다 불어나 둥근 보름달이 된다.
그리고 작아지면서 어느 땐 가는 없어져버린다.

달 속에 내 인생을 셈해본다.
달이 보이지 않을 때는 엄마 뱃속에 잉태된 시기다.
신월新月과 함께 우주만물의 한 일원이 되었다.
신월은 유아시절을 거쳐 소년으로 탈바꿈 했으리라.

초생달이 반달이 되었을 때 나는 어떠했을까?
20대 초반의 햇병아리 교사 시절이었다.

반달이 보름달로 커져가고 있을 때에는
30대 젊은 교사로서 2세 교육의 봉사자였다.
달과 견주어 볼 때 부끄러운 삶은 아니었는지?

추석에 보름달은 가장 화려한 시기이다.
이 만월은 지상의 어둠을 몰아내는 등불이다.
이때가 나는 4,50대로 교육 관리자로 활동했다.

오늘 만월처럼 교육현장의 빛이 되었을까?
한 점의 티도 없는 밝은 달을 쳐다보면 부끄럽다.
더욱 만족스러운 퇴임이었으면 좋았을 텐데

나는 중추절 밝은 저 보름달 시기는 지났다.

초생달 시절을 지나 반달이 되고
보름달로 활짝 웃다가 삭이 되는
달의 법칙을 알았더라면 더 값진 삶을 살 수 있었을 걸.

늙으면 아이

어느덧 이순의 중반에 서서 삶을 방황하게 되었다.
불현 듯 열 서너 살 때 아버님 목소리가 들린다.
"사람은 너 나 할 것 없이 늙으면 어린이가 된다."

장시간 산을 오르면 무릎관절이 싫다고 한다.
이런 현상이 세월가노라면 점점 심해 질 것이다.
오래 쓰면 닳고 망가지는 것은 사필귀정일 수밖에.

그 누구도 자연섭리를 위배하거나 뒤바꿀 수는 없다.
내 신체를 내 의지대로 움직일 수 없게 되리라.
어린아이가 되는 것은 불 보듯 훤한 일이다.

평소에 주머니에 넣어져 있어야 할 지갑이 없다.
아무리 생각해 봐도 어디에 간수했는지 모른다.
옷장과 책장을 훑었는데 문갑 속에 얌전히 있다.

노후에는 일반적으로 의타심이 증가된다고 한다.
이 또한 어린아이가 되어가는 현상이 아닐는지?
그럴 것이 늙으면 정신 육체가 쇠약해지기 때문이다.

인생 삶! 신비의 세계가 아닐 수 없다.
늙어지면 추억도 망각의 늪으로 사라지면 좋으련만.

늙으면 어린이가 된다는 것은 꿈도 꾸지 못했다.
일찍 깨우쳤더라면 역지사지 하는 마음 충만했을 걸.
철이 든 아이로 거듭나도록 심신을 관리하리라.

어찌 남이 나인가

어느 화창한 일요일 봄날 아침이었다.
"야! 날씨 한번 좋네. 당신 오늘 나랑 무등산에 갈까?"
"빨래하고 청소도 해야 합니다. 혼자 가세요."
어찌 사랑하는 아내이지만 내 마음과 같으랴.

TV에서 여학생들이 남학생들 보고 '형님'이라고 부른다.
잘못된 호칭에 대해 혼잣말로 욕을 하며 화를 냈었다.
대학생 자식들이 한 목소리로 '고루한 아빠' 라고 평한다.
어찌 자식들이지만 나이련가.

여섯 쌍 부부모임에서 해외여행을 의논한 적이 있었다.
오랜 시간을 갑론을박 하다가 합의를 못하고 미뤘다.
어찌 친구들이 나와 같은 생각이련가.

교감 때 4월말까지 학급 환경정리를 끝내자고
3월부터 전달하고 개별적으로 당부도 했었다.
기일까지 약속을 이행한 학급은 50~60%에 불과했다.
어찌 선생님들과 학생들이 내 뜻과 같으랴.

우리의 삶은 모듬살이 이다.
혼자 살 수 없고 공동으로 서로 돕고 살아야 한다.

이와 같은 모듬살이는 개성의 집합체요,
그 집합체는 자체가 우주의 섭리이다.

절대로 남이 나일 수 없고 나이어서도 안 된다.
이를 깨닫지 못하고
'남이 나와 같기'를 기대하며 살아왔다.

'남도 나와 같다'는 착각 속에서 화를 냈다.
'남이 나와 같지 않다'고 스트레스를 받았다.

이세상의 모든 갈등은 '남이 나이기를' 바라는
자기중심적인 욕심이 아닐까?

부모, 형제도, 아내도, 자식도, 나일 수는 없다.
친구도, 동료도, 제자도, 나와 같을 수는 없다.

역지사지하는 삶
평화로운 배려의 삶
어찌, 남이 나인가!

우리 집 철쭉

요즈음은 어디를 가나 철쭉꽃 세상이다.
도로변이나 공원에도 눈을 황홀케 한다.

우리 부부의 보금자리도 철쭉이 우릴 반긴다.
집에 철쭉이 한 식구가 된 것은 15년 전이다.
아내가 서울 딸네 집 갔을 때 공원을 산책 했었다.
생전 처음 보는 철쭉꽃에 반해 한 가지 꺾어 왔었다.

이때부터 한패거리가 되어 활동하였다.
희귀철쭉을 보면 수집하고 한 가지를 얻어오기도 했다.
이렇게 몇 년 지나다보니 철쭉식구가 엄청 늘어났다.

우리 집 철쭉시조이며 서울에서 시집와
15년을 함께 살아온 녀석은 '무궁화철쭉'이다.

꽃봉오리 속이 적색을 머금은 연분홍이다.
재래종 무궁화 색깔을 쏙 빼닮아 붙여진 이름이다.

'목화철쭉'도 있다.
겹으로 된 순백색의 꽃봉오리가 피어오를 때면
목화를 떠올리게 한다.

송이송이 매달린 꽃대가 길어 목화 줄기와 흡사하다.
달 밝은 밤 꽃을 보면 목화밭 산책에 빠지곤 한다.

이밖에도 빨갛게 불타오르는 '카네이션철쭉'
세 겹 분홍빛으로 피어오르는 '장미철쭉',
눈이 부신 하얀 '백합철쭉', '개나리철쭉' 등이 있다.

각양각색 철쭉을 보면 무아지경이 된다.
이렇게 철쭉과의 대화 속에 10년을 살아왔다.

인공적이지만 대자연속에서 호흡하는 삶은
아파트가 부럽지 않은 단독주택의 멋스러움이랄까?

친구 따라 철쭉 분재 원을 방문하적이 있다.
수십 종의 철쭉꽃은 장관을 이루며 넋을 빼앗았다.

집에 없는 품종으로 20여 종을 구입해 왔다.
철쭉은 더 많아져 대식구를 거느리게 되었다.

우리부부는 더욱 즐거워졌다.
철쭉들아 탈 없이 잘 자라다오.

은 갈치 낚시

몇 년 전부터 생각했던 갈치 낚시 체험을 하는 날이다.
두 사람이 승용차를 몰아 여수에 도착하니
서울, 전주, 대전, 안양 등에서 꾼들이 벌써 와 있었다.

오후 3시경에 여수항을 떠났다.
여천 열도를 이리저리 맴돌아 거문도를 향해 나아갔다.
0.5m 내외의 파도는 잔잔한 호수를 뺨친다.
그 위를 미끄러지는 배는 제비가 되었다.

2시간을 달리고 나니 거문도마저 뒤로 한다.
'망망대해', '일엽편주' 어휘들이 이런 곳에서 생겼을까?
서남쪽 수평선 위로 한라산이 구름 속에 졸고 있다.

어두워져 멀고 가까운 곳 낚싯배들이 전등을 켠다.
수십 척에서 발산되는 등불이 밤바다를 훤히 비춘다.
꾼들이 100그램짜리의 추를 바다에 던진다.
먹이 달린 7~10개의 낚시가 줄줄이 따라 들어간다.

얼마쯤 시간이 흘러 이곳저곳에서 함성이 터진다.
은 갈치가 바닷물을 가르며 기다란 몸통을 들어낸다.
백열등 불빛에 지느러미가 바르르 떤다.

아기천사들이 물 속에서 솟구치는 모습이랄까?
구경하는 사이에 내 낚싯대도 입질이 왔다.

수심 50m의 깊이에서 갈치가 물고 올라온다.
낚시 촉감에 휘는 낚싯대 모양은 흥이 절로 난다.

기다림 속 자신과 싸움이 인생 삶이기에
그 깨우침이 낚시가 근본이라면
비 낚시인들은 무엇이라고 말할까?

어느새 동쪽 하늘이 희미하게 밝아온다.
열두 마리를 잡았다.
많고 적은 것은 자연과의 하루의 인연이다.
바다는 낚시인들의 양어장인걸.

집에 오니 아내가 조과를 묻는다.
경비의 절반은 고기 값이고
나머지는 구경 값이라 했다.

두 사람은 난생 처음 은 갈치 회를 맛보았다.
아내는 한 번 더 체험해 보라고 권한다.

컴퓨터 스승 손녀손자

퇴임 한지도 어언 5년이 지나가고 있다.
그간 손녀, 손자에게 배우며 생활하는 재미가 꿀맛이다.

내일 모레 고희를 바라보지만 새로운 것을 깨우치고 나면
기쁨이 충만 되어 진다. 성취감 때문일까?

초등하교 6학년인 손녀에게 컴퓨터를 배운다.
기본적인 기능을 기록해 둔 메모장이 다 닳도록
뒤적이면서 컴퓨터 치기는 계속되어 졌다.

손녀가 중학생이 되자
컴퓨터 스승은 초등 4학년인 손자로 바뀌었다.
매일 방과 후 집에 와 가르쳐 주곤 하였다.

작년에는 삼 대가 한 팀인 컴퓨터 오락대회에 나갔다.
할아버지나 할머니와 초등학생 손자나 손녀가
한 조를 이루어 하는 카트라이트 게임이었다.

손자에게 10일 이상을 배우고 익혀서 출전 했었다.
게임은 일종의 자동차 경주 오락 프로그램이었다.

차를 부딪치지 않고 위험에 빠뜨리지 않으면서
결승선에 빨리 들어가는 것이었다.

집중력이 요구됐고 손가락 숙달을 필요로 했다.
손자와 협동이 잘 되었던지 광주시 대표로 선발되어
서울에서 개최되는 전국대회에 참가 했었다.

준우승을 해 상금을 타서 손자 옷을 사주었다.
1박 2일의 여행 수혜까지 받게 되었다.
임진강을 황포돛배로 유람하고, 최전방도 탐방했다.

손녀 손자는 내가 컴퓨터를 익히는 선생뿐만이 아니다.
핸드폰도, MP3도 그들 도움을 받아야만 했다.

평생 동안 가르치는 것을 업으로 삼았던 나였다.
하지만, 요즈음 전자제품들에 대해서는 맹인이다.
손녀, 손자를 스승 삼아 배우며 살아가고 있다.

인간사 그야말로 새옹지마가 아닐까?
인생살이 한 마당 멋스런 연극이려니.

엿장수 죽음(1)

올해도 예년과 변함없이 첫눈이 내린다.
첫 눈발은 나의 망각의 늪 속을 헤집고 들어온다.
그리곤 허무한 인생 종말의 한 사건을 되살려 내곤 한다.

20여 년 전 섬마을에서 생활할 때였다.
자정이 넘어 잠자리에 드는데 '쿵' 하는 소리가 났다.
나와 보니 옆집 마당 눈밭에 사람들이 실루엣처럼 비춘다.

웅성거리는 그들에게 가니
뒷방살이 엿장수가 우물에 빠진 것 같다고 했다.
손전등을 목에 걸고 10여 미터 우물 속으로 내려갔다.
찾던 엿장수가 곤두 박혀 있었다.

우물 밖으로 연락해 천과 밧줄을 내려 보내도록 했다.
천으로 양발 목을 묶고 그 위에 밧줄을 연결했다.
40대 중반의 육척 거구의 시신을 우물 밖으로 꺼냈다.

한 쪽 다리가 불구인 칠순 노모가 통곡을 한다.
모여 있던 모든 사람들도 훌쩍거린다.

얼마 후 할머니를 진정 시키고 몇 가지를 여쭈어 보았다.
고향이나 다른 곳에도 연락할 만한 친척이 없다고 한다.
그러면서 바로 장사를 지내면 좋겠다는 것이다.

상두꾼은 나를 비롯하여 이웃집 남자 네 사람.
시신을 거적에 말아 지게에 얹어 졌다.
횃불 따라 마을 뒷산으로 올라갔다.
나는 술과 과일을 사가지고 그들 뒤를 따랐다.

한 목숨 죽어져 땅에 묻히면 진토로 변할 터인 즉,
자식 아내가 오열한들, 부모형제가 찾아온들
사자死者는 말이 없을 것 아닌가!

봉분을 다 만들고 나니 붉은 덩이가 어둠을 헤친다.
온 하늘을 물들이나 했더니 해가 웃으며 솟아오른다.
어제까지 건강한 사내가 요절하여 묻혔건만
해 너는 아는지 모르는지 떠오를 뿐이 구나.

세월 따라 바람 따라 구름 따라
만물은 존재하다가 스러지겠지.

엿장수 죽음(2)

죽은 엿장수는 충청도가 고향이었다.
교통사고로 아내와 자식을 한꺼번에 잃어버렸다.
홀어머니를 모시고 흰 구름 따라 온 곳이 노화도였다.

따스한 봄날이면 엿목판을 등에 졌다.
마을을 돌아다니면 동네 꼬마들이 반겨주며 뒤를 따랐다.
그럴 때면 기쁨이 저절로 신명을 내렸다고 한다.
흥 타령을 부르며 비싼 깨엿, 콩엿을 후하게 잘랐단다.

삼복 무더위에 매미도 숨이 차 쉴 때쯤이면
엿장수도 팽나무 그늘 아래서 꿈나라를 찾곤 하였단다.

잠에서 깨어나면 엿들이 증발 된지 이미 오래다.
"애라 몹쓸 놈들 잘 먹고 내 아들 해라." 하면서
너털웃음을 웃더란다.

엿장수는 이웃에 칭송이 자자한 효자였다.
"어머님 돌아왔습니다. 홍시 사왔어요."

그는 얼큰하게 취해 골목길을 오르내릴 때는
"인생은 나그네길 빈손으로 왔다가 빈손으로 가는 가" 였다.

그렇다 인생은 세상에 여행 왔다 돌아가는 나그네다.
그러기에 옛 부터 인생은 '공수래공수거'라 했던가.

아내, 자녀, 부모, 형제 그 누구도
명예, 재물, 그 무엇도 죽음을 동반해 주지 않는다.
흙으로 돌아가는 인간의 길은 평등하다.

어머니와 함께 충청도에서 온 엿장수!
그는 인생을 달관했던 사람인 것 같다.
엿목판에 희, 노, 애, 락, 효를 지고 살았다.

지천명을 사는 나의 인생길은 어떨까?
'인생은 나그네길'이라지만
인간관계의 연결고리를 끊을 수는 없다.

'인간은 공수래공수거'라고 손발을 놀릴 수도 없다.
알고, 깨닫고, 염두에 두고 살자.
여유 있게, 청렴하게, 이웃 도우며 살자.

국화와 함께

내가 국화와 연을 맺은 것은 고2 때 화훼 반.
우리 집엔 열여덟 종의 국화가 있다.
꽃송이 크기에 따라 대국, 중국, 소국.
색깔은 노랑, 자주, 보라, 흰색 등이 있다.

아내가 재배기술을 익혀 나보다 더 박사다.
국화는 길게는 10여 년간을 함께 살아왔다.
이들은 끈기를 바탕으로 우리들과의 대화 속에 산다.
슬픈 일, 언짢은 일을 서로 감싸주면서 위로해 준다.

샛노랗게 피어나는 국화의 왕자 '봉황'은
환한 웃음과 희망을 선사해 준다.

수양버들처럼 휘늘어져 피는 분홍 실국 '공작'은
한 결 같이 부드러우면서 강인한 의지력을 일깨운다.

꽃잎이 흩날리듯 헝클어져 피는 하얀색 '춘풍'은
방랑시인 김삿갓 휘파람, 낭만의 불을 지핀다.

우유 빛 꽃잎과 향을 자랑하는 '은하'는
칠전팔기의 억척스러움을 가르쳐 준다.

국화는 식구들의 지속적인 애정을 먹고 자란다.
정원이 없기 때문에 국화는 화분에서 길러진다.

4월 말이면 마사토에 꺾꽂이 되어 지고,
뿌리 내리면 한 화분에 한 그루씩 옮겨 심어진다.

조석으로 물을 주고 1주일이 되면 거름을 준다.
한 달 간격으로 농약을 뿌려 병충해를 잡는다.
가지치기, 순치기, 꽃봉오리 솎기, 지주세우기 등
180여 일 동안 많은 손길을 필요로 한다.

국화가 피기 시작하면 옥상, 2층, 1층에 자리잡는다.
통로를 장악 하다가 만개 되면 거실과 안방으로 온다.

매년 20여개의 국화분이 남의 집으로 이사를 간다.
그때마다 아내는 딸을 시집보내는 기분이란다.
식물도 정들면 자식이 되나 보다.

동백 한 그루

우리 집에는 큰 동백 한 그루가 있다.
온 식구의 사랑을 먹으며 함께 산다.

잔가지가 무성한 싱그러운 상록수 한 그루
키가 2미터 가량이고, 나무둘레는 3미터 정도이다.
녀석은 직경 60센티 플라스틱에서 옹색스럽게 산다.
주인을 잘못 만난 팔자라고나 할까?

포근한 땅에서의 생의 자유를 구가해야 할 텐데
언제나 그런 날이 오려나.

그래도 고맙게 7여 년 동안을 배앓이 한 번 안했다.
그러면서 사시사철 싱싱한 푸름을 선사한다.

초봄이면 탐스러운 진홍빛 꽃 봉우리를 터트린다.
모든 사람이 꽃을 보고 좋아하지만 우리 식구들은 유별나다.

색상이 너무나 맘에 들어 꽃집서 구입했다.
일반 꽃 화분 10개 가격도 아깝지 않았다.
동백 꿈속에 자랐고 살았기에 좋아하는 것일까?

동백은 섬마을 소년소녀들의 친구이다.
타원형의 둥근 잎은 그들의 얼굴이 분명하다.
번질거리는 잎은 함박웃음 꽃 피우는 그들의 기상이다.

가을이면 둥근 동백 열매로 구슬치기를 한다.
구슬치기에 이골 난 친구들은 작고 둥근 것을 고른다.
나처럼 숱 장이는 아무것이나 손에 쥔다.
숱 장이들은 맨날 잃고 다시 동백 따기에 혼쭐이 난다.

동백나무는 집을 들고 날 때 마다 웃음을 토해낸다.
맞장구를 쳐주지 않으면 토라져 시무룩해진다.
섬마을 정을 한 알 두 알 주워먹을 수 있어서 좋다.

그를 바라보고 있노라면 갯냄새가 풍겨온다.
나무 위로 맑은 하늘이 있고 뭉게구름이 떠간다.
옹기종기 모여 앉은 해변마을 지붕에는 수탉이 홰를 친다.

푸른 바다 위를 돛단배 똑딱선이
하얀 물결을 가르며 지나간다.
어촌의 한 폭 수채화가 동백나무에 겹쳐진다.

어머님 목소리

어머님이 돌아 가신지도 15년이 지났다.
고우시던 얼굴, 따스했던 손, 포근한 젖가슴,
미소 짓던 눈동자 등 진토 되신지 오래 이러라.

그러나 '어머님 목소리'는 그대로 내 곁에 있어주니
얼마나 고맙고 다행스러운 일인가.

어머님이 보고 싶을 때나 가슴에 안기고 싶을 때는
하시를 막론하고 어머님 목소리를 들을 수 있어 행운이다.
떠나시기 1년 전 77세에 녹음기에 육성을 담아 놓았었다.

자정이 되어 어머님 목소리가 듣고 싶었다.
오늘은 어버이의 날.
녹음기를 틀자 은은한 어머님 목소리가 나의 귓전을 때린다.

"내 나이 열여덟에 너희 아버지한테 시집을 왔다.
시집와서 보니 완전히 몰락한 집안이더군."

(중략)

"내가 쉰 살 때부터 하루하루가 눈물이었지.
전쟁이 나서 너의 형은 군에 끌려갔으며, 너희 아버지 천식은 악
화되고, 형수마저 몹쓸 병에 걸려 눕고 말았었다."

어머님의 목소리가 여운을 남기며 눈물을 멈춘다.
복받쳐 올랐던 가슴이 서서히 안정을 찾는다.
어머님은 얼마나 참담하셨을까?

어머님의 정성은 참으로 대단하셨다.
북두칠성 기도는 형님이 입대하여 제대할 때까지,
5년이 넘게 비 오나 눈 오나 한 번도 빼먹지 않으셨단다.
그러기에 부모님 마음은 하늘 같다고 했을까?

고귀한 어머님 마음을 간직하고 살고 있는지?
내 자식들에게 어머님 같은 부모 노릇을 다하는지?

어머님의 목소리로부터 들은 삶의 덕목.
우애! 효도! 근검! 봉사!
더욱 깨우치며 살리라.

수의 마법

나는 시각時刻에 일어나고 일하며 잠을 잔다.
그런데 시각은 엄밀히 보면 길이를 나타내는 숫자다.
해서, 나의 하루는 숫자의 놀음이라고나 할까?
단 하루라도 숫자를 떠나서는 살 수 없을 것이다.

백화점에 들릴 때마다 상품의 단가가 눈에 뜨인다.
100원, 1,000원, 10,000원이면 셈하기도 좋으련만
왜 하필이면 99원, 999원, 9,999원이라고 붙였을까.
'수의 마법'에 걸려드는 고객을 잡기 위한 방법이리라.

성적을 평가에서 '수의 마법' 현상을 볼 수 있다.
A는 100점, B는 99점이라면, A학생은 모르는 것 없고, B학생은
부족으로 본다.

위의 예는 정수단위의 '수의 마법'이기에 양반이다.
학점 D와 F는 0.1이다. F는 학점미달로 재이수를 해야 한다.
대학교의 연구보고서나 석·박사 학위 논문에서는 더욱 가관이다.
상관계수, CR검증 등 극소수의 차이를 가지고
'의의'를 논하고, '상관'을 말하며, 신뢰성을 본다.

'숫자놀음'은 자연과학에서는 애교로 봐줄 수 있지만
사회과학현상에서는 어쩐지 껄끄러운 생각이 든다.

나는 수의 편리성을 거부하고 싶지는 않다.

인간까지 평가하는 '수의 마법'에서 벗어나고 싶을 뿐이다.

우주의 주인에게 전화해서 하소연 할거나.

기통이냐 통통이냐

중학교에 입학하여 5일째 되는 날이었다.
그날도 지각대장인 나는 허겁지겁 운동장에 들어섰다.
조회를 마치고 교실을 나오시던 담임선생님과 마주쳤다.

"너 오늘 잘 만났다. 그렇지 않아도 부르려고 했는데."
교무실로 따라 들어가 선생님 앞에 섰다.

담임선생님은 느닷없이 군밤을 주시면서,
"기통이냐? 통통이냐?" 라고 물으신다.
'통통입니다.' 말이 끝나기도 전에 군밤이 또 날아오면서
"용당*) 애들도 진즉 왔다"고 하시며 의아해 하신다.

'압해도에서 통학 합니다.'
"아니, 신안군 압해도 말이냐?" 하고 물으신다.**)

"좋아! 젊어 고생은 금을 주고 사서 한다고 했다."
"열심히 다녀라. 오늘부터 지각으로 잡지 않을 것이다."
주위의 선생님들이 박수를 쳐준다.

---

*) 그때당시는 중·고생들이 목포시내로 기차통학이나 배 통학을 했었다.(기차는 광주에
서, 배는 영암군 삼호면 용당리에서 왔다)
**) 압해도 선착장에서 30분간 배를 타고 북항에 내려, 목포 남단 제주부두 근처의 학교
까지 약 7~8km를 매일 걸어서 통학을 했던 코스였다.

비록 지각대장이었지만 마음이 편해졌다.
신안군에서 목포로의 통학 길이 열렸다.
통통은 중·고등학교 6년을 계속 했었다.

고등학교 3학년일 때 어느 봄 날 토요일이었다.
압해 선착장 배가 갯펄에 올려 졌었다.
물이 올라 10시에야 운행되었다.
학교 교문에 들어서니 친구들이 하교하고 있었다.
담임선생님을 찾아뵙고 자초지종 말씀드리고 왔었다.

중·고 졸업식 때는 각각 3년 정근상을 받았다.
정근상도 선생님들 배려 덕분이었다.
감사 또 감사했다.

「온고지신」 논어의 위정 편에 나오는 공자의 말이다.
「옛 것을 익혀 새 것을 안다」는 뜻이다.
6년간 통통은
항상 새롭게 살도록 채찍질 해 주었다.

현재에 이르기까지 나를 있게 해주신
모든 사람들께 항상 감사하고 고마워하며 살고 싶다.
우주의 이치에는 더욱 감사할 것이다.

소리단상(1)

장마철 구름밭 사이로 하늘조각이 엿보인다.
'여우가 시집간다'는 햇볕도 잠깐이다.
금세 시커먼 먹구름이 하늘을 뒤덮는다.
'우르르 꽝 딱!!' 하늘 쪼개지는 천둥소리

사람에게 무서움을 주는 공포소리는 소름을 돋게 한다.
천둥소리 외에도 총 소리, 대포 소리 등이 생각난다.

천만 가지 소리는 제각기 특성을 가지고 있다.
그러면서 인간들 희. 로. 애. 락을 관장하고 있다.

기쁨을 주는 꾀꼬리 소리!
짜증을 나게 하는 기적 소리!
어깨춤을 절로 나게 하는 세마치장단 소리!

잠자는 시간만 제외하고는 소리와 살고 있다.
어찌, 아름다운 소리만 듣고 살 수 있으리오.
귀를 언짢게 하는 소리는 뇌성 소리로 생각 하구려.

소리는 순간이어라.

소리단상(2)

사람의 말소리는 천 갈래 만 갈래이다.
71억 4천만 세계인 음색은 모두 다를 것이다.
지역별, 인종별, 민족별로 차이가 있으리라.

사람의 말소리는 내용에 따라 구별되어 진다.
감언이설로 넋을 빼앗아 가는 달콤한 소리.

남을 비방하거나 모함하고 비꼬는 같잖은 소리.
명랑한 웃음과 기지를 선사해주는 익살스런 유머.

말을 의심 없이 받아드리는 사람을
'귓구멍이 나팔 통 같다'라고 하는데,
자신의 낭패는 물론이고 타인에게 누를 끼치기도 한다.

'귀가 부자 집 마루 구멍 이다'라는 말도 있다.
배움은 없으나 귀로 들어서 아는 것이 많음을 뜻한다.

지혜를 쌓으려면 남의 말을 귀담아 들어야겠다.
말을 통해 슬기로움을 배울 수 있다.
말로부터 깨우침을 얻을 수도 있다.

뭇사람과 작용을 통해 폭넓은 사람이 되고 싶다.
고운소리 화음을 공유하며 살아가고 싶다.

불쾌한 소리 대신에 유쾌한 소리를
혐오의 소리 대신에 사랑의 소리를

절망의 소리 보다는 희망의 소리를
질투의 소리 대신에 애정의 소리를
불만의 소리 대신에 긍정의 소리를

슬픔의 소리 보다는 기쁨의 소리를
우울한 소리 보다는 명랑한 소리를

두려움 주는 소리 대신에 즐거움 주는 소리를
부끄러움 주는 소리 대신에 자신감 주는 소리를
고함 소리 대신에 평화의 소리를

들으리라, 내리라.
곱고 아름다운 소리
천상천하에 울려 퍼지는 그날까지.

아버님 기일

아버님! 그 사이 편안하셨는지요?
오늘밤도 예년과 변함없이 형님 댁으로 오시죠?
막내아들 직장에서 조금 일찍 끝내고 막 도착 했습니다.

제가 태어나던 41세 때 병을 얻으셨다고 했었습니다.
돌아가실 때까지 16년간이나 병마와 싸우셨군요.
얼마나 고통스러운 세월이셨습니까!

아버님! 지금도 기억이 생생합니다.
그렇게 아프시면 서도 한글을 가르쳐 주신일 말입니다.
그때 저는 일곱 살이었죠.
꾸벅꾸벅 졸면 회초리를 맞았죠.
또 졸면 밖으로 쫓아 세수하고 오게 했죠.

아홉 살에 입학을 했습니다.
입학하기가 바쁘게 구구법, 천자문을 외우게 했습니다.
고맙습니다. 그리고 감사합니다.
아버님 정성 먹고 오늘 제가 존재합니다.

마을 사람들에게도 아버님은 잘하셨더군요.
어르신들이 저에게 아버님 이야기를 많이 해주십니다.

천식발병 전에 농한기에는 서당을 개설하셨다고 합니다.
청년들에게는 한자를, 부녀자들에겐 한글을 가르치셨더군요.

아버님! 주경야독하시며 남을 위해 봉사하는 생활.
피곤하지 않으셨습니까? 싫지 않으셨습니까?
아버님! 불효자는 아버님의 삶 십분의 일도 못하고 삽니다.

저 초등학교 때, 아버님은 병환 중이었어도 무척 바쁘셨죠.
궁합 봐주기, 결혼 날 받아주기, 이삿날 받아주기 등등.
동네사람들은 물론이고 이웃마을 사람들까지 방문했었죠.

임종하시기 직전 중학교 2학년인 저의 손을 잡으셨습니다.
"내가 1년만 더 살면 네가 사범학교 가는 것을 볼 수 있을걸"
아버님! 유언 따라 사범학교 입학하고 졸업하였습니다.
초·중등 교사를 거쳐 교감, 그리고 지금은 장학사입니다.

아버님 음덕 항상 가슴 깊이 새기겠어요.
누를 끼치는 자식이 되지 않겠습니다.
내내 평안하소서.

풀과 나무의 대화*)

만물이 겨울잠에서 기지개 켜는 3월 어느 날
따사로운 봄볕 유혹을 벗하여 산행을 했다.
계곡 중간쯤 오르니 온갖 나무와 잡초가 어우러졌다.
파릇파릇 새싹을 틔우는 나무와 풀은 다음과 같이 속삭였다.

개나리; 가장 먼저 꽃을 피워 꽃소식을 전해주지.
　　　　다른 꽃들이 시샘해 피고 사람들 마음도 활짝 피지.

진달래; 개나리 너보다는 내가 좀 늦게 피지만 나는 온산을
　　　　붉게 물들이며 극치를 이룬단다.

동백; 푸른 잎 사이로 진홍빛 꽃봉오리 나의 자태를 보고
　　　사람들은 꽃 중에 꽃이라고 칭찬 한단다.

오동나무; 나는 꽃은 별로지만 악기 만드는 재료가 되어
　　　　　사람들에게 고운 음악을 선사 한단다.

소나무; 잎이 볼품없이 바늘 모양이지만 사시사철 푸르고
　　　　향이 좋은 가구가 되니 많은 이가 좋아 한단다.

---

*) 풀은 민초들이며, 나무는 지방의원들임.(지방자치시대가 열림을 축하하며)

풀들; 나무님들이여 그대들만 뽐내지 마십시오.
　　우리들 풀뿌리는 서로 엉키어 수분을 흡수 조절하여
　　홍수와 가뭄을 예방하고 거름이 되기도 합니다.

　　여러 나무님들은 우리들 덕분으로 튼튼히 자라서
　　꽃피우고 열매 맺고 목재 됨을 잊어서는 안 됩니다.

나무들; 풀님들이여! 미안하고 죄송합니다.
　　우리들이 뽐낼 수 있는 근본을 순간이나마 망각했던 것이오.
　　앞으로는 산과 들의 주인인 풀님들의 은덕을 항상 간직
　　하면서 최선을 다하겠습니다.

풀들; 나무님들 고맙소. 우리 모두는 제 구실을 다하면서 상부상조
　　하며 살아갑시다. 이 산과 들을 더욱 아름답게 가꾸어갑시다.

　　풀과 나무는 만세를 합창했다.

인명재차

동료 박 선생님의 장인 교통 사망 소식을 접했다.
종합병원 영안실에 도착하니 사고 이야기가 한창이었다.

망인은 사흘 전 저녁에 집을 나가 돌아오지 않았었다.
백방으로 찾던 중 병원 냉동실에 있음을 알게 되었다.

황단보도 건너다 사고가 났고 무연고자로 분류되어 졌다.
치안본부의 지시만 기다리던 중이었는데 찾게 돼 다행이란다.
그들 대화 속에서 언짢은 생각이 들었다.

고귀한 생명!
애착심은 간곳없고 사건 사고에만 관심이니
현대인들의 죽음에 대한 몰지각의 현상일까?

착잡한 생각의 여울목에서 헤어나지 못하고 있을 때였다.
구급차의 사이렌이 울리고, 차는 영안실 앞에 멈추었다.
"젊은 사람이 참 안 됐구면!" 하고 혀를 찬다.
순간, 눈시울이 뜨거워져 옴을 느낄 뿐이었다.

옛날 시골서 상여만 봐도 가슴이 찡했었는데
그러면서 뭉클한 덩이가 치밀어 올라 눈물을 훔쳤었는데
그 감정은 어디로 숨었단 말인가!

나는 감정의 샘이 고갈되어진 것일까?
아니면, 현대 문명에 애상哀喪의 넋을 빼앗겼을까?
나를 비롯한 현대인들은 죽음을 하찮게 생각하는 것 같다.

교통사고로 사람이 죽으면 '개죽음 했구나!' 한다.
짐승의 감각이 일반화 되어가고 있다.
그러기에 교통사고는 날로 증가하고 있는 것일까?

'인명재천'이란 말이 있다.
그 속에 인간의 지고한 존엄성이 내포되어져 있다.
그러므로 자살은 천명을 거역했다고 죄악시 했다.
그런데 '인명재차'를 당연시 하니 통곡할 일이다.
혹시, '인명재수'*) 시대가 올지 심히 걱정된다.

---

*) 인명재수(人命在手): 사람의 목숨이 사람 손에 좌우된다.

윗물이 맑아야

오늘은 4,325돌 개천절(1992년)이었다.
경축일이기에 태극기를 게양하고 묵상에 잠겼다.
현금現今에 이르러 가슴이 울렁거렸다.
무질서, 무법의 사회모습이 파노라마 되어 지나간다.

교통순경이 운전수와 신경전을 벌인다.
횡단보도가 있건만 못 참고 길 건너뛰는 얌체족들.
산이나 강가 이곳저곳에 널려 있는 쓰레기는 어떡하며
길거리나 공원에 버려진 휴지, 비닐봉지 등등은 어떠한가!

직장으로 눈을 돌려보면 위계질서는 간곳없이 옛말이다.
'너는 너', '나는 나'라는 팽배된 의식 속에 굴러간다.
상호간 인격존중 미덕은 붕괴되고 신빙성이 무너졌다.

뿐이랴, 유사 이래 처음으로 쓰는 '폭력과의 전쟁'
대낮에도 유괴, 납치, 가정파괴범 등이 득실거린다.
TV나 라디오를 울리는 배임, 사기 등
귀가 아파 현기증이 날 정도다.
그 밖에도 크고 작은 숱한 무질서가 판을 치는 세상이다.

중국 요·순 태평시대도 좀도둑이 있었다고 한다.
제아무리 좋은 사회라고 해도 '옥에 티'는 있을 수 있다.

하지만, 현재의 우리 사회는 도를 넘고 있다.
질서나 법을 지키는 사람들은 바보 취급을 받는 세상.

나라를 이끌어 가는 각계각층의 몰지각한 관리들,
일가의 문어발 기업 확장에만 열 올리는 졸부기업가들.

법과 질서 정의는 그 어느 개인이나 단체보다도,
그 어떤 명예나 권력보다도 몇 십 배, 몇 백 배
더 존중되고 중요시 되어 지고 신성시 되어야 한다.

'윗물이 맑아야 아랫물이 맑다'는 말은
어느 성인의 말도 아니고 현자의 말도 아니다.
자연의 숨소리요 섭리일 뿐이다.

'홍익인간' 실현을 위해서라도 윗물이 맑아져야 한다.
윗물이 썩지 않아야 한다.
단군왕검님께 면목이 없는 하루였다.

이별 그리고 만남

인간 삶에서는 각양각색의 이별이 일어나고 있다.

살고 죽음을 같이 하자던 사랑하는 연인과의 이별
한 피를 나눈 형제자매와의 작별
일심동체 되어 살을 섞고 살던 부부간의 이혼

이별은 동서고금 자연의 수레바퀴와 함께 돌고 있다.
이별이라는 어휘 속에서 인간은 서글픔을 느낀다.

이별 상념想念은 '슬픔'이지만, '기쁨'의 이별도 있다.
군 제대할 때는 기쁨을 나누며 연병장을 떠나왔다.

이별은 헤어짐 그 자체이고 만남의 기약일 뿐이다.
순간과 영원, 슬픔과 기쁨 구분은 어려운 일이 아닐는지.

남편이 아침 출근할 때 아내는 즐겁게 배웅한다.
만약, 귀가 길에 사고로 돌아갔다 하자,
아침 헤어짐은 순간의 이별? 영원의 이별?

슬픔과 기쁨은 시공時空 초월 못한 인간들 욕심
이별이 존재하는 한, '고독'이 잉태되기 마련이다.
사람들은 '고독'하면 누구나 '정'이 그리워진다.

정의 그리움은 외로움의 여울목에서 벗어나게 한다.
그 몸부림은 '만남'의 실루엣 속에서 현실화 된다.

만나고 헤어짐은 살아가는 과정이다.
삶 그 자체가 아니더냐.

부모와 자식, 다정스런 친구, 동료들이
한 주, 한 달, 일 년 작별했다 만나기도 한다.

인간은 이별을 반복하면서 지혜롭게 성숙하고
만남을 거듭하면서 행복의 두레박을 긷고 있다.

나는 이별을 소중하게 여긴다.
그리고 만남도 귀하게 생각한다.
헤어짐 순간 잘못함이 없었는지,
뉘우치고 마음의 문을 연다.
만남의 문턱에서는 선택된 연분에 감사한다.

이별 그리고 만남, 만남 그리고 이별.
이별은 만남의 기약이요, 만남은 이별의 전주곡이다.
오늘도 이별과 만남의 반복 속에서 너스레를 떨고 있다.
이별과 만남은 사색 밭을 기경해 주는 쌍두마차다.

짝사랑

짝사랑하면 남녀 간의 사랑이 연상된다.
그러나 짝사랑은 꼭 이성異性간에 이루어지는 것은 아니다.
짝사랑의 대상은 인간일 수도 있고 학문이나 예술일 수도 있다.

이런 특성을 안고 있는 짝사랑은 감정이 행동으로 표출되어 진다.
그 행동이 지혜로우면 낭만과 추억의 멋스러움이 깃든다.
그렇지 못하면 여러 가지의 부작용을 유발한다.

1992년 12월 18일이었다. 한국의 14대 대통령을 뽑는 날이다.
그 어디서도 찾아 볼 수 없는 짝사랑 현상이 00지방에서
선거로 나타났다. 당혹함을 감출 수 없었다.

투표율이 전국에서 가장 높았고
투표인 95%가 특정 후보를 찍었다.
얼마나 한 맺힌 짝사랑이었으면, 몰표를 주었을까?

통일신라 이래로 300여 년 간 쌓아온 울분의 넋두리일까?
해방이후 개발 뒷전으로 밀려난 특정 지역의 용틀임 이었을까?

제발 추억과 낭만이 깃든 짝사랑이었으면 좋겠다.
삼천리금수강산을 발전시킬 수 있는 짝사랑이면 한다.

△인간 ○인간

토요일 오후 마을 앞산으로 산책을 나갔다.
오솔길을 따라 휘파람 날리며 발걸음을 옮겼다.
솔 분향이 은은하게 콧속을 후벼든다.
산새들이 재잘거리며 길손을 벗해준다.

동그란 작은 돌덩이 하나가 산책로 중앙에 놓여있다.
개구쟁이 심보가 동해서 무심코 찼다.
낮은 굴곡을 넘어 왼쪽 경사진 숲속으로 굴러간다.

몇 걸음 걷다 보니 이번엔 세모난 돌덩이가 있었다.
그것도 세차게 차니 한 두 바퀴 구르더니 곧장 선다.

어렸을 적 고집불통 죽마고우 k가 생각난다.
방금 내 발만 아프게 해주는 세모돌덩이였다.

삼각형 인간은 우선 안정감이 풍부하리라.
흔들리지 않는 개성의 소유자이기도 하겠지.

모가 없는 동그라미 인간은 어떨까?
원은 지면에 한 점만 밀착되므로 유동성이 클 것이다.
남에게 이용당하고 주체성이 없다고 평가될 수도 있다.
하지만, 이웃과 어울리고 협동하며 화목하리라.

현재 나는 어떠한 사람으로 비춰지고 있을까?

좀 부족한 듯한 ○인간이면 좋겠는데

꼭지 점이 강한 △인간은 어쩐지 싫다.

○ 인간이면서 때로는 △인간이 되었으면 한다.

태양계의 삶

나는 '남의 나'와 함께하는 '태양계의 삶'이다.
나는 나이고 남은 남이지만, '남의 나'가 있다.
나는 분명 아닌데 내가 기뻐하면 같이 환호하고
내가 서러워하면 위로해 주며 함께 슬퍼한다.
이러한 남들을 나는 '남의 나'라고 명명해 본다.

'남의 나'에는 여러 갈래가 있다.
한 핏줄로 맺어진 조부모, 부모, 형제, 친척.
핏줄은 아니지만 처부모님, 처남, 처제도 있다.

지혜의 샘 줄을 함께 먹는 스승, 제자, 동창, 선후배.
그 밖에도 종교, 예술, 정치, 사업 등으로
맺어진 무수한 '남의 나'들이 있다.

이러한 '남의 나' 들과는 공영공존의 속성이 있다.
나를 중심으로 연결고리로 이어져 있다.
'나의 남'을 부정한다면 나는 존재할 수 없다.

'나'는 남들의 만남으로부터 탄생되어지지 않았던가?
그들에게 사랑 받고 보호 받으며 키워졌다.

해서, '남의 나'를 경원시 한다면
'나' 또한 무시당함은 마땅한 일.
나를 있게 하고 살아가는데 힘이 되는 '남의 나'들!

나와 남을 태양계에 비유해 본다.
태양을 중심으로 혹성, 위성, 혜성 등이 있다.
'나'는 태양이요 '남의 나'는 별자리를 달리한다.
아내, 자식, 부모형제는 지구, 금성, 화성 등 혹성이고
동료, 친구는 위성들이며, 공동체 사람들은 혜성이 된다.

혹성들은 태양에 가깝게 위치하면서 산다.
그들의 희로애락은 바로 나의 희로애락이다.

위성들은 중간에 있으면서 태양과 함께 산다.
그들과 함께 기쁨을 나누고 슬픔을 나눈다.

혜성은 태양의 원거리에서 운행되어 진다.
때로는 혹성이나 위성들 보다 더 큰 영향을 주기도 한다.

나는 삶의 태양계를 후회 없이 운행하고 싶다.
남을 인정함으로써 내가 존재할 수 있다.

내 것이라는 착각

얼마 전에 시계를 시내버스에서 흘려버렸다.
지금쯤 다른 사람의 물건이 되었을 것이다.
그동안 열 달 동안은 내 것이었는데 지금은 아니다.

소유물에 대해서 의구심을 가져본다.
옷, 구두, 신발 등이 내 몸을 떠났어도 내 것일까?

집, TV, 전축, 가구들도 언젠가는 작별 한다.
임시 인연을 맺었을 뿐, 영구적인 내 것은 아니다.

부동산에는 '등기권리증'이 있다.
팔아 버리면 즉시 남의 것이 되지 않는가.

금이야 옥이야 자식들도 떠나간다.
사랑하는 아내와도 이별이 있겠지.

나의 신체도 결국 나의 것이 아닐 것 아닌가.
몸은 영혼의 거처로써 차입되었을 뿐이다.

일엽 스님의 시 한 구절이 떠오른다.
'고운님은 바람이요'/ '자식 놈은 구름이요'/ '이내 몸은 흰 눈이라'

삶은 과정이런가.
그러기에 사는 동안만 소유물이 존재한다.
인생은 순간이다.
그러기에 소유물 또한 영원하지 않다.

나는 내 것을 얻기 위해 부단히 노력했다.
소유물에 영원성을 부여하면서 도취 되었었다.

자연히 남을 배려한 삶에 대해 등한시했었다.
어리석고 또 어리석은 삶이었다.

조직에서 위임 받아 행하는 권한이 내 것이라는 착각!
경영체나 기업체의 모든 것이 내 것이라는 착각!
전공하는 학문이 내 것이라는 어이없는 착각!
정치, 경제, 사회, 문화 등 구석구석에 이런 착각이 많다.

모든 부정, 부패가 소유욕이요 이기심이다.
이기심은 인간존엄의 파괴자 인간 상실의 주범이다.

언제 어디서 어떻게 생을 마감할지?
'내 것이라는 착각'아닌 삶이면 좋으련만.

자식 농사

1993년 신록이 짙어지는 길목에서 향기 그윽한 낭보.
하버드 대학 최우수 영예 졸업생! 코리아 홍○○!!
모 배우 부부의 자식농사 만세이지만
백의민족 핏줄이기에 모든 국민의 만만세가 아닐 수 없다.

그는 하버드 대학을 졸업하면서 세 가지 상을 받았다.
'최우수 논문상', '토마스 홉스 상', '쏨마쿰라 우드'라고 한다.
첫째, 국제정치학 분야 최우수 논문인데
　　　교수들도 개교 이래 가장 우수한 논문이라고 칭찬했다.
둘째, '토마스 홉스 상'은 인문 과학 분야에서 뛰어난 사람 10명
　　　에게 주는 상이며,
셋째, '쏨마쿰라 우드'는 최우등 5명에게 주는 상이란다.

참으로 장하고 장한 일이다.
수재들과 어깨를 나란히 한 것만으로도 좋으련만.
우수상을 휩쓸었으니 감격스런 일이 아닐 수 없다.

일반 농사처럼 자식농사도 세 박자가 맞아야 한다.
튼튼한 묘목이고, 성실한 관리이며, 알맞은 환경이다.

홍○○ 군은 첫째 요건이 좋았던 것 같다.
중3년 1학기 까지 서울서 줄곧 1등이었다고 한다.

미국에 건너가 밥 먹는 시간 외엔 책에 매달렸단다.
기숙사 소등 후 화장실서 책을 봤다고 술회하고 있다.
홍군은 매우 양호하고 튼튼한 묘목이었음이 틀림없다.

자식농사 도우미와 '도움 관리자'로서
홍군 어머님은 현대판 맹모였다.
중학교 3학년 2학기 때 미국으로 이사 갔다.
영어 가정교사로서 의사소통을 지장 없게 해 주었다.
유방암 선고를 받고도 7년간 시종일관 이었다고 한다.

자식농사 세 번째 요건인 환경도 좋았다.
유명 배우 자녀로 윤택한 가정에서 자랐다.

하버드대 최우수 영예 졸업은
자식 농사 3박자 화음 걸작품이 아닐 수 없다.

평소에 어머님 가르침
"큰 좌절 없이 컸기에 그만큼 사회에 돌려주어야 한다."
라는 말을 좌우명으로 실천하고 있단다.
이 얼마나 품격 높은 삶의 태도인가!

화이팅! 자신농사 만만세!

견아설見我舌

견아설見我舌은 '내 혀를 봐라'의 뜻이다.
춘추전국시대 중국사기 장의전張儀傳에 나온 말이란다.
그는 말을 잘해 혀 하나로 천하를 움직였다고 한다.

속담을 통해 말의 중요성을 인식해 본다.
'할 한마디에 천금이 오간다.'
'천 냥 빚도 말로 갚는다.'

말을 할 때는 항상 조심해야 한다.
'낮말은 새가 듣고, 밤 말은 쥐가 듣는다.'
'말이 씨가 된다.'

말은 공명정대해야 한다.
'입술에 침이나 바르고 말해라.'
'입은 삐뚤어 졌어도 주라는 바로 불어라.'

내 말은 나의 혀의 놀림에 의해서 만들어진다.
내 혀의 놀림은 나의 뇌 지시를 받지 않은가?

생활 길잡이 견아설
언어 구사에 노력 하리라.

파리 목숨은 아닌데

간혹 천명을 다하지 못하고 떠나는 사람을 보고
'파리 목숨'이라고 안타까워한다.
'파리 목숨' 어휘에는 뜻밖의 사고로 죽을 때
허무함과 애절함, 안타까움이 내포되어 있다.
생명에 대한 애경심愛敬心이 심전心田을 흐르기 때문일까?

그러나 요즈음에 와서 말이 씨가 되었을까?
사람목숨을 '파리 목숨'으로 보는 이가 많아졌다.
참으로 한심스러운 인명 경시의 풍조가 아닐 수 없다.

최근에 차를 몰고 다니는 사람이 날로 늘어난다.
이에 따라 교통사고 발생빈도가 매우 높아지고 있다.
'중상이면 죽는 것이 낫다는 생각이 팽배해지고 있다.
해서, 고의적 이차 인명 피해 사례가 많아지고 있단다.

참으로 경악을 금치 못할 일이다.
분명 사람의 목숨은 '파리 목숨'이 아닌데

사람의 생물학적 탄생은 오묘하고 신비스러움이다.
조물주 밖에 모르는 일이다.

오직 하나 밖에 없는 생명이기에 소중할 수밖에 없다.
사람이 두 개의 생명을 갖고 두 번의 인생을 산다면
우리의 생명은 존귀 하지도 소중 하지도 않을 것이다.

'나'라는 한 생명이 나고 자라며 지금이 있기까지
수많은 사람들의 노고와 보살핌이 필요했다.
부모, 형제, 친척의 한없는 정성도 있었지만
스승, 이웃, 친구, 동료의 많은 도움도 필요로 했다.

그들을 사랑하고 감사하며 은혜에 보답 하는 것은
인간으로서의 도리이며 의무이고 책무일 것이다.

사람은 목적이지 수단은 아니다.
인간은 생명이요, 인격이며, 개성이요, 예술이다.
그리고 정신과 영혼이 있다.

나를 에워 싼 모든 사람을 아끼며 사랑하리라.
그들의 존귀함은 나의 존재이다.
나와 동일시해야 한다.

사람의 목숨은 '파리 목숨'이 아니기에.

얼굴(1)

당신은 얼굴에 대하여 생각해 본 적이 있습니까?
모래알처럼 수많은 인간들 똑같은 사람은 하나도 없습니다.

일란성 쌍둥이도 잘 관찰해 보면 틀린 데가 있다더군요.
그러기에 나는 당신을 남과 구별해 볼 수가 있습니다.

당신의 얼굴은 세 조각 둥근형입니다.
맨 윗부분은 눈썹과 이마, 그 속엔 중추기관이 있습니다.
생각과 행동을 관장하고 당신을 이끌어 갑니다.

중간 부분은 두 눈과 두 귀, 그리고 양 볼이 있습니다.
외부의 사물을 판별하고 거기에 대처해 갑니다.

아랫부분은 코와 입, 턱이 자리하고 있습니다.
당신 신체를 위해 공기와 음식물을 공급하는 기관입니다.

눈은 당신 얼굴 핵심이고 미모를 판가름 합니다.
크고 쌍까풀이면 예쁘다고 합니다.
당신의 눈을 보고 당신의 감정을 읽습니다.

곁눈질을 하면 나를 싫어한다는 것을 알게 되고,
눈알을 위 아래로 굴리며 째려 볼 땐 공격적임을 압니다.

그러나 생긋 눈짓을 보내면 애교가 넘치고 호감을 줍니다.
눈가에 웃음은 격 높은 인품이 은은하게 풍겨 옵니다.

당신의 입에 대하여 생각해 봅니다.
입은 눈 다음으로 당신의 느낌을 말해 줍니다.

입가에 잔잔한 미소에서 당신의 따뜻한 체온을 느낍니다.
파안대소에서는 호탕함을 엿봅니다.

입을 뾰족하게 비틀면 토라진 것으로 깨닫습니다.
항상 벌어진 입모습에서는 바보임을 읽습니다.

지금까지 3등분 얼굴에서 눈과 입을 살펴보았습니다.
눈과 입의 모습은 당신을 비춰보는 거울입니다.
남에게 기쁨을 주는 얼굴이면 좋을텐데.

얼굴(2)

얼굴의 모든 부위는 한 타원형 안에 존재 합니다
타원형도 원이므로 당신의 얼굴 또한 원입니다.

원은 우주의 상징이며 통일이요 조화를 뜻합니다.
얼굴은 당신의 우주이며 당신을 표현합니다.
그래서 얼굴을 관리함은 삶에 가장 중요한 일입니다.

일상생활에서 흔히 잘못하고 용서를 구할 때
'면목面目 없습니다'라고 말합니다.
면목은 낯과 눈이니 곧 얼굴이지 않습니까?

그 말 속에는 사람의 도리와 자격을 내포합니다.
'면목이 없다'는 말은 부끄럽다는 말이 됩니다.
반대로 '면목이 있다'라면 떳떳하다는 뜻이 겠죠.

우리의 얼굴은 하나의 운명적인 면이 있다고 봅니다.
자기 얼굴은 자기 스스로 선택하지 않았습니다.
태어날 때 어머니 뱃속에서 결정되었습니다.

얼굴은 살아가면서 많이 달라진다고 합니다.
외형적인 것일까요? 내면적인 것일까요?
두 가지 측면을 모두 다 말하고 있는 것 같습니다.

안병욱은 "얼굴은 예술 작품이다"라고 갈파 합니다.
인생을 어떻게 사느냐에 따라서 얼굴이 달라진답니다.

당신의 얼굴은 마음과 행동에 의해 만들 수 있습니다.
고운 마음을 가지면 자연히 얼굴이 아름다워지고
추한 얼굴을 하면 마음도 살벌해 진다고 합니다.

인생을 곱게 살면 얼굴도 곱게 늙고
거칠게 살면 얼굴도 거칠게 늙는다고 합니다.

얼굴은 나의 속마음 거울입니다.
평소의 생활모습이 얼굴에 표출 된다는 뜻입니다.

인생을 성실하게 살면 얼굴에서 성실한 향이 풍기고
악하게 살면 자신도 모르게 얼굴에 악함이 묻어나며
미소 짓고 웃으며 살면 얼굴에 봄바람이 불어옵니다.

당신의 얼굴은 당신 혼의 표상이고
행동의 공든 탑이며 당신의 발자취입니다.

성실한 삶

사랑하는 제자 철아!
날더러 성실하였다 하니 고맙다.
그리고 방법을 물었는데 참으로 어렵구나.

'성실'은 사전에 '정성스럽고 참됨' 이라고 적혀 있더군.
이 말 속에는 두 가지 뜻, '정성'과 '진실'이다.

정성을 다하려면, 모든 일에 노력이 꼭 필요 하더라.
과정을 중시하고, 결과는 하늘의 뜻으로 알고 감사만 했다.

진실은 양심으로서 잴 수가 없더라.
진실은 '믿음'의 아버지요, 믿음은 '경애'의 어머니다.
결국, 진실은 '믿음 과 경애'로 통하더라.

사람마다 '성실한 삶'의 기준은 조금씩 다르리라.
'정성'과 '진실'을 어떻게 실천해야 할지, 자신의 몫이다.

사랑하는 제자 철아!
언제나 건강하고 행복하여라.
성실한 삶의 주인공이 되어라.

바람의 의미

일반적으로 지구상에서 공기의 흐름을 바람이라고 한다.
고기압과 저기압의 평형 위해 공기가 이동하는 현상이다.
바람은 어느 곳에 기압차가 생겼을 때 불기 마련이다.

내 뜰에 간혹 기압차가 생겨 바람 불기를 원한다.
바람이 불어야만 비가 내려 뜰이 무성해 지리라.

나뭇잎이 살랑거리는 '실바람'이 불면 좋겠다.
얼굴 간질이는 '남실바람'은 좀 약할 것 같다.
나뭇가지를 춤추게 하는 '산들바람'도 좋을 것 같다.

'된바람', '센바람', '노대바람', '왕바람'이 부는 것은 싫다.
이것들은 나무를 부러뜨리고 뽑히게 할 수 있기 때문이다.
특히, 뜰을 초토화 시키는 '싹쓸바람' 태풍은 더욱 싫다.
거센 바람이 지천명 뜰을 휩쓸고 가면 원상 복구가 어렵다.

나의 뜰에는 동서남북 계절풍이 필요하다.

봄, 여름이면 남쪽의 '마파람', 동쪽의 '높새바람'이 좋다.
그 바람들은 고온 다습하여 작물을 키우고 영글게 한다.

가을, 겨울엔 서북쪽에서 부는 '하늬바람', '삭풍'이 좋다.
이들은 건조하고 냉하여 오곡백과를 살찌게 한다.

주변 뜰에는 소멸 되어져야 할 바람들이 너무나 많다.
부동산 바람, 청탁 바람, 한탕주의 바람, 무사안일 바람 등등

장래의 국가와 후손을 위해 불어야할 바람도 있다.
사정 바람, 새 질서 바람, 환경보존 바람 등등

바람이 분다고 해서 두려워하지 말자.
두려움은 내 삶이 성실치 못하고 떳떳하지 못함이다.
바람이 불지 않는 고요, 적막 속에는 부패가 잉태된다.

맑은 물은 썩지 않는 곳에서 흐른다.
그 맑은 물속에서만 삼라만상은 약동하고 성장한다.
썩지 않은 물을 만들려면 알맞은 바람이 항상 불어야 한다.

'산들바람'아 불어라 너와 나의 모든 뜰에.
너도 좋고 나도 좋게.
너도 살고 나도 살게.

무등 식당

오늘도 동료들과 함께 무등 식당을 찾았다.
조물주가 인간에게 관성을 줌에 감사드리면서.
무등 식당은 동네 시장에 자리한 조그만 음식점이다.

방앗간 찾는 참새들이 오늘도 와자지껄 날아든다.
한 잔 술로 오늘의 마침표를 찍고자 함일 게다.
내일이라는 시공을 무의식적으로 기약하면서.

삼삼오오 짝을 지어 술 한 잔으로 여독을 녹아낸다.
시끌벅적한 너털웃음 속에서 세월의 시름을 씻어낸다.
봄바람 정을 나누며 옹졸했던 가슴을 넓힌다.

이 집의 별미는 시래기에 된장기 진한 추어탕.
탕의 맛은 다른 식당의 추종을 불허하는 일품이다.

한 탁자에 네 명 앉아 탕 하나에 소주 두세 병이 좋다.
그밖에 안주 일 만 냥이면 만사형통이다.

이곳은 민초들의 풋풋한 생동감이 넘쳐나는 곳이다.
위화감이 조성될 수도 없고 눈을 부릅떠 볼 필요도 없다.
가식 없는 정겨움에 웃음꽃을 피울 뿐이다.

'무등 식당' 속의 모든 것은 바로 무등無等이다.

음식도 무등이고, 좌석도 무등이며, 접대도 무등이다.

그러니 손님도 무등일 수밖에 없는가 보다.

염장문화

지난 1월에는 막내의 열아홉 번째 생일이었다.
아내가 저녁 생일상을 차리면서 '피자'를 사오란다.
막내가 학교에서 돌아오자 파티가 열렸다.

막내가 피자 한 조각을 건네준다.
노리끼리한 것이 메스껍고 토할 것 같아 단번에 뱉었다.
평생 처음으로 입맛을 본 음식이었다.

내 가정의 식탁 문화는 급속히 변질되고 있다.
멸치젓이 냄새 난다고 식탁을 떠난 지 이미 오래이다.
옛날 임금이나 잡수셨다는 명란젓, 어리굴젓도,
아이들은 입에 넣어보고 오만상을 찌푸린다.

구수하고 텁텁한 된장국도 밀려났다.
봄철 냉이 씀바귀 무침에 반한 것은 부부뿐이다.
초, 된장 감칠맛에 자식들은 시큰둥 한다.

오직 우리 집 전통 반찬은 김치뿐이다.
그러나 매년 김장용 배추 포기 수는 급감하고 있다.
애들은 차츰 가공식품에 빠르게 익숙해지고 있다.
어릴수록 인스턴트화 현상은 눈에 뚜렷했다.
전통음식을 싫어함은 더욱 심해질 것이다

우리 민족은 동양인이다.
동양문화는 한 마디로 '염장문화'이다.

서양문화는 '가공문화'에서 발달되었다.
가공문화의 근본은 과학주의요 물질숭상주의다.
대량 생산이며 대량 소비가 미덕이다.

이러한 문화에서 자란 어린이의 인간성은 어떨까?
다정다감한 마음이 형성되지 못 할 것 같다.

인간성이 상실된 박재인간을 유추해 보라.
그들은 정이 고갈되어질 것이다.
결국은 꼭두각시와 진배없으리라.

우리 애들이
가공식품으로만 자라도록 방치하지 않으련다.
염장음식을 섭취 시키면서 키워야 되겠다.
한국인으로서 면역성을 북돋아야 되겠다.

옥상의 감

"우와! 옥상에 감이 열렸다."
"저쪽에도 붉은 감이 열렸는데?"
우리 집 옆 도로를 지나는 길손들이 던지는 말이다.

가을의 감은 시골 과수원이나 뜰에서 보는 것이 정상이다.
비정상적인 것을 보았으니 감탄사가 절로 나올 수밖에
대도시 한 복판 2층집 옥상에 감이 주렁주렁 열렸으니.

늦가을 퇴근길에 4년생 감나무 묘목 두 그루를 사왔다.
아내의 꾸중을 "밑져야 본전"이라는 말로 따돌렸다.
플라스틱 통 2개를 사다가 심고, 동해凍害 이엉을 해주었다.

어렸을 적 추억이 새롭게 머리를 든다.
여름이면 대밭에 떨어진 풋감을 줍던 일이 눈에 선하다.

풋감 줍기는 여름 가고 가을이 깊어질수록 매력적이다.
왜냐면 감이 커지면서 약이 차고 당도가 높아지기 때문이다.
이 때쯤이면 큰 바람이 불었으면 하는 놀부심지가 돋는다.

이런 감과의 인연에 지천명 중반을 살고 있는 길목
옥상에 감나무 심기의 망령이 동했을까?

어느새 온천지가 봄기운이 맴돌았다.
감나무 볏짚을 걷어내고 밑거름을 듬뿍 주었다.
정성을 먹고 몸통을 부풀리며 새순을 뽑아냈다.

오월 초순 어느 날 옥상에 올라갔던 나는
"얘들아, 이리 올라 오너라"고 외쳤다.
잎새의 하얀 감꽃을 자랑했다.
"결실을 맺어 수확을 해야죠!"
아내의 말에 아이들이 웃으며 동조한다.

감꽃은 초록 열매를 맺어놓고 전부 떨어졌다.
열매는 태양을 먹고 여름내 몸통을 부풀렸다.
신비로움에 감탄하면서 지지대를 세우고 시비도 했다.

어느 짬에 산과 들에 가을의 너울이 드리워진다.
오곡 백화의 색깔 변화에 우리 집 감도 동참했다.
가을 들어 더욱 붉게 물들어 익어 가고 있다.
"우와! 옥상에 감이 열렸다.

나의 이름(1)

친구들이 간혹 내 이름은 잘못 지어졌다고 농을 한다.
이유인즉 덕일德一은 덕이 하나밖에 없으니,
끝 자를 천, 만, 억, 조로 바꾸면 좋겠다는 의견이었다.

중용에 오달도五達道, 삼달덕三達德, 성誠이나온다.
오달도란 인간으로서 지켜야 할 오륜五倫을 말하는 것이고,
삼달덕은 오달도를 행하게 하는 지智, 인仁, 용勇을 말한다.

지智는 사리를 판별하는 지혜로서 오륜을 아는 것이고,
인仁은 사랑의 정신으로 몸소 어질게 되는 것이며,
용勇은 과감한 결단으로 실천에 옮기는 깃이다.

덕일德一이라는 이름은 성실로 삼달덕하고,
그것을 통해 오달도 하라는 큰 뜻을 간직하고 있었다.

사람 이름은 모두 나름대로의 좋은 뜻을 가지고 있다.
뜻은 알지만 행동화하지 못해 이름에 누를 끼치고 있다.

나의 이름에 대한 의무를 다해야 되겠다고 생각해 본다.
매사에 거짓 없는 성실함을 발휘 하리라.
한결 같은 덕을 베풀고 사람 도리를 다할 것이다.

나의 이름(2)

요즈음 '정덕일'이라는 이름이 매스컴을 탄다.
신문에 연일 굵은 활자로 찍혀져 나오고 있다.
TV나 라디오에서는 뉴스 시간마다 거론 된다.

성은 다르지만 이름이 같기에 귀에 거슬렸다.
슬로머신 비리 실력자로 졸부의 삶 표본이다.
내 마음은 편할 수 없는 형편이었다.

어느 날 점심시간에 웃음 쇼가 벌어졌다.
10년 연상 유 선생님이 신문 보시다 놓으면서
"덕일이 이 놈 아주 나쁜 놈이네.
슬로머신 부정을 위에서 다 조정 했구먼."
모든 선생님들이 웃음보를 터뜨렸다.
그러면서 모두들 나를 힐끗 쳐다본다.

다른 선배님 한 분이 폭소 제2탄을 쏘아 올린다.
"교감 선생님, 이름 당장 바꾸세요."
"왜 하필이면 '덕일' 입니까?"

모든 선생님들이 함박웃음을 웃으며 배꼽을 잡는다.
나는 '김덕일' 이고 뉴스 비리는 '정덕일' 이라는데
착안한 원로 선생님들의 재치였다.

사람들 개개인의 이름을 살펴보면 재미있다.
나름대로의 의미를 간직하고 있다.
대게 집안 돌림자를 쓰지만 특이한 경우도 많다.

아들인줄 알았다가 딸이 태어나니 '속운례'
첫 아기 큰딸이라고 '장가', 끝 아이라고 '막내'
기차에서 난 아이 '기동이', 용꿈을 꾼 '몽룡이' 등등.

천만가지 이름이지만 공통점이 하나 있다.
사회생활에서 나쁜 짓 하라는 이름은 없다.
욕설과 관련된 이름을 들어 본 적이 있는가.
밝음, 참됨 등을 추구하면서 이름을 지었다.

세상에는 이름값도 못하고 사는 사람이 많은 것 같다.
부모가 지어준 이름대로만 살면 사회가 정의로워 지련만.

초록빛 연정

약관일 때 처음으로 쇼핑을 한 적이 있다.
난방셔츠를 구입하기 위해서였다.
눈을 잡는 것은 연초록 셔츠였다.

합창 지도를 할 때 선택 곡을 '초록바다'로 했다.
"초록빛 바다 물에/ 두 손을 담그면/
경연은 항상 5월 하순이었다.
그러므로 오월 내내 노래 연습은 초록빛이었다.
초록 들, 초록 산, 초록 하늘, 초록 바다, 초록 마음.

노래 경연이 끝나면 산과 들은 녹색으로 염색 된다.
대지大地의 화선지에 드럼통 녹색 물감을 뿌려 놓았다.
초록 화가가 일필휘지로 솜씨를 발휘하면 좋겠다.

산천초목을 바라보면 뿌듯한 희열이 샘솟는다.
청순하고 벅찬 희망이 전신을 휘감아 돈다.
신록의 싱그러움이 가슴을 울렁거리게 한다.

우리 집 실내치장도 초록빛깔이 많다.
녹색계통 벽지, 연두색 선풍기, 연초록 이부자리 등
물론 아내도 같은 취향인 것이 분명하다.

초록은 빛의 3원색 중 하나다.
빨강은 화려하고 강열하며 열, 더위를 상징한다.
그래서 정열, 탐욕, 분노, 사나움이 싫다.

파랑은 투명하며 싸늘하고 찬기나 추위를 나타낸다.
그래서 우울, 슬픔, 침체. 공포, 어두움이 싫다.

초록은 선명하고 청순하며 부드러움을 준다.
그러므로 평화, 희망, 탄생, 고요, 포근함이 좋다.

빛의 3원색을 천天 지地 수水에 비유하기도 한다.
파랑은 하늘이고, 빨강은 땅이며 초록은 물이다.

물은 하늘의 조화에 의해 생기지만 땅에서 산다.
그리고 모든 동식물들의 생, 노, 병, 사를 관장 한다.

초록빛을 들이마시며, 초록빛 꿈을 꾸리라.
초록빛에 담긴 뜻을 새기며, 초록빛 행동을 하리라.
초록빛을 한없이 사랑하고, 초록빛을 닮아 가리라.

세 가지 질문

톨스토이의 단편집을 보다가
세 가지 질문에 눈길을 멈췄다.

어느 왕국의 임금이 죽음을 목전에 두게 되었다.
그는 일생을 되돌아보며 세 가지를 자문자답해 봤다.

인생에 있어서 '가장 중요한 시간'은 어느 때였을까?
삶에 있어서 '가장 중요한 사람'은 누구였을까?
살아가는데 '가장 중요한 일'은 무엇이었을까?

몇 날을 두고 전전긍긍 했지만 해답을 얻을 수 없었다.
어느 날 꿈에 선인이 나타나 세 가지 궁금증을 풀어주었다.

첫째 질문인 인생에 있어서 「가장 중요한 시간」은
　　　지금 현재 처하고 있는 이 순간이며

둘째 질문인 삶에 있어서 「가장 중요한 사람은」
　　　지금 만나고 있는 그 사람이 중요하다고 하였다.

세 번째 질문인 살아가는데 「가장 중요한 일은」
　　　지금 상대방에게 최선을 다해 좋은 일을 하는 것이다.

세 가지 질문의 답변 포인트는 '지금', '현재' 이었다.
여기에 지금까지의 내 인생을 비교해 본다.
나는 현재 보다는 미래지향적인 셈이었다.

삶에 가장 중요한 일은 내 가정의 행복이라고 생각했다.
그런데 현재의 상대방에게 좋은 일 하는 것이라고 한다.
이 점은 어쩐지 수긍하는데 멈칫해 진다.

세 가지 질문을 듣고 깨달았다.
과거의 삶은 피안의 시간 속으로 숨어든다는 것을…
미래의 삶이란 와봐야 체험할 세계라는 것을…
현재의 삶이 가장 중요하다는 것을…

지금 만나는 사람을 중히 여기고 대하리라.

섭씨 38도 칠월

한반도는 한 마디로 불덩이였다.
7월 7일 섭씨 30도를 웃돌던 수은주는 매일 갱신한다.
10일 부터는 섭씨 37도 ~ 39도를 계속 유지한다.

이구동성으로 '살인적인 폭염'이라고 탄성을 토한다.
불볕더위는 사람들 아우성엔 아랑곳없이
놀부심지 곤두세우기를 계속 한다.

극성을 부리던 폭염은 기필코 일을 저지르고야 말았다.
일사병에 쓰러져 가축들의 목숨을 앗아갔다.

남부지방 가뭄 피해가 더욱 극심해 졌다.
밭작물은 타죽고 논바닥은 거북이 등이 되었다.
군관민비상사태가 선포되어졌다.

헬리콥터는 논밭에 물을 뿌리고
소방차들은 과수원으로 달려갔으며
함정은 물을 싣고 섬마을을 찾아갔다.

7월 하순 날마다 기우제가 올려졌다.
천지신령님께 태풍이라도 보내주라는 애원일까?
사람의 나약함이 눈물겹도록 처참할 따름이다.

지성이면 감천이었을까?
8월 1일의 일기예보는 낭보가 아닐 수 없었다.
대만 부근의 태풍 진로가 우리나라 쪽이란다.
온 국민은 태풍이 어서 올라오기를 학수고대 했다.

태풍 '더그'가 8월 5일에 상륙했다.
단비를 선물하고 8월 7일에 빠져 나갔다.
큰바람이 없었기에 문자 그대로 효자 태풍이었다.

만물의 영장 인간도 자연의 재난 앞에선 별게 아니었다.
섭씨 40도 안팎의 기온에 숨을 헐레벌떡 거릴 뿐이었다.
대지가 타도 비 한 방울 못 내리는 것이 인간이었다.

우주의 섭리를 깨우치게 한 갑술년(1994) 칠월!!
경건하고 배려 할 줄 아는 삶.
더불어 사는 공동체의 귀중함.
함께 사는 방법을 더욱 자각시켜 주었다.

삼무주의

풍진세상 안명훈安命訓으로 삼무주의三無主義가 있다.
'보지 말고, 듣지 말고, 생각지 않는다' 이다.

나도 모르게 삼무주의를 추구하고 있다.
물론 내가 지향하는 삼무주의 생활태도는
옛날의 삼무주의와 색깔이 약간 다르다.

나는 내면의 평화를 얻고자 함이요,
안명훈은 타인과 충돌을 피하고자 함이다.

주변에는 보지 말아야 할 것이 너무 많다.
법과 질서 간 곳 없이 제멋대로의 무례한들.
부정을 보았어도 못 본 척 하는 것이 편안하다.

내 귀에 듣지 말아야 할 소리들이 너무나 많다.
정치인들이 썩는 소리, 관료들이 부패를 좇는 소리,
경제인들이 자기만을 챙기는 소리가 그렇다.

생각하지 말아야 할 일들도 많다.
군인, 교육자, 종교인들까지도 놀랍게 한다.

정권이 바뀔 때마다 조삼모사의 정책들.
국민혈세 제멋대로 벌인 사업 몽땅 망했어도
그 누구하나 책임지는 자가 없다.

세상사 그러려니 생각 않는 것이 속이 편하다.
내가 왜 보고, 듣고, 생각하여 갈등을 초래한단 말인가?

요즘엔 '삼무정신시대'란 말이 있다고도 한다.
무관심 정신, 무감동 정신, 무책임 정신이다.
모든 것에는 관심을 갖지 않고 등한시하는
현대인들의 개인 중심적 속성에서 나오는 말인 듯싶다.

기쁨도, 슬픔도, 아름다움도 못 느끼는
냉혈동물의 공동체 삶은 싫은데…
'삼무주의', '삼무정신' 시대는 오지 않아야 한다.

고추잠자리

초가을 문턱의 정오
현관문 밖 흔들의자에 앉아 있었다.
고추잠자리 한 떼가 날아와 눈앞에서 논다.

따가운 햇살이 저리도 좋을까?
고추잠자리 놀이에 넋을 빼앗긴다.
순간, 고추잠자리 한 마리가 거미줄에 걸린다.

사람과 연관되어 진다.
어디에서 태어났을까?   강촌, 산중, 숲속, 평야?
양친은 어떤 분일까?   평민, 가난뱅이, 귀족?
어떻게 살아 왔을까?   성실, 근면, 고집불통?

사형선고를 받은 몸!
족보가 무슨 필요 있겠니?
왕거미 밥이 될 텐데…

거미줄 벗기기에 온힘을 쏟는다.
고추잠자리야!!
거미줄을 벗겨주면 어떻게 살아가겠니?

기승전결

기起는 '일어나다', '일을 일으키다'는 뜻이고
승承은 '잇는다', '받는다', '돕는다'의 뜻이며
전轉은 '돈다', '움직인다', '돌아눕는다', '굴린다'라는 뜻이다.
결結은 '맺음', '마침'의 뜻으로 국어사전에 실려 있다.
한시漢詩를 작作하는 원칙이다.

기승전결은 사계四季와도 통한다.
봄은 생물이 깨어나고 싹을 틔우니 기起의 현상이다.
여름이면 생물들은 성장을 계속하므로 승承이 분명하다.
가을이면 살찌고, 열매를 익히니 변신의 전轉이다.
겨울이면 생물들은 월동하니 낙落이요 결結이다.

내 인생에 대한 기승전결은
소년시절 환경을 원망하며 서글퍼 했다.
역경을 딛고 겨우 고등학교를 졸업했다.
기起의 단계를 탈 없이 넘긴 것이 천만다행이었다.

승承의 단계인 청년시절, 교사로 교육에 전념했다.
전轉의 단계로서 장년시절, 교육 관리자로서 살았다.
정년퇴임 하고 결結 단계로 접어들었다.
삶의 기승전결 무사했음을 감사한다.

아내의 기절

일요일 우리 부부는 산악회 동우회를 따라 나섰다.
아침 8시에 충남 수덕사로 향했다.
백제 말엽에 창건되어 몇 차례 보수를 거듭했다.

여승들의 깊은 뜻을 헤아리며 산행에 올랐다.
앞서가던 일행이 뛰어 내려오면서
"사모님이 정신을 잃어가고 있습니다."라고 외친다.
청천벽력에 놀라 사고현장으로 뛰어갔다.

여자 한 분이 아내를 자기 무릎에 받쳐 눕혔다.
"여보! 왜 그래?" 몸을 흔들자 눈을 뜨다가 감는다.
그리고는 점점 정신을 잃어갈 뿐이었다.

아내를 등에 업고 하산하기 시작했다.
휘청거리며 산 내려오기 10여분.
등에 업혀있던 아내가 꿈틀거린다.

내려서 편히 눕힌 다음 가슴에 귀를 대었다.
숨을 가늘고 길게 쉬면서 호흡이 시작된다.
이어서 고래 숨소리 마냥 '휴―!' 한다.

깊은 숨과 함께 눈을 살며시 뜨고 어리둥절해 한다.
순간 나는 주위의 눈도 잊은 채 아내를 꽉 껴안았다.
'오! 하느님, 감사합니다, 고맙습니다.'

아내는 빙그레 웃으며 모든 분들에게 미안타고 했다.
그리고 기절의 순간을 다음과 같이 술회했다.
"나는 영락없이 죽는 줄 알았어요."
"죽음이 이런 것이구나 하면서 정신을 잃었어요."

무척 덥고 땀이 많이 흘러 모자를 벗었단다.
그 때 앞에 가던 분들이 '땅벌'이라고 외쳤다.
잽싸게 그곳을 달리면서 모자를 다시 썼다고 한다.

그 순간 머리가 몇 번 따끔거렸고
정신이 흐려졌다는 것이었다.
모자 속으로 들어간 벌에 쏘인 것이다.

더욱 금실 좋게 백년해로 하리라.

겨울나무

대한의 강추위이지만 아침 산책을 멈출 수는 없었다.
해발 500여 미터쯤 되는 산등성이에 올랐다.
세찬 북풍이 귓전을 쌩쌩 거리며 몸의 중심을 빼앗아 간다.
겨울나무의 윙윙거리는 소리가 톤을 높여 시샘한다.

남향 계곡으로 접어들었다.
나의 몸 자세는 바르게 돌아왔지만 생존을 위한
겨울나무 합창 소리는 멈추질 않는다.

겨울나무는 혼신의 힘을 다해 눈보라 강풍과 싸우고 있다.
'욕승인자 필선자승欲承人者 必先自承'을 실천하는가 보다.
'남에게 이기려는 자는 반드시 자기를 이겨야 한다'는 뜻이다.

겨울나무는 자기와의 싸움에서는 이긴 것 같다.
그러기에 지금 북풍한설과 맞서고 있지 않은가.

나는 살아오면서 두 가지 싸움 속에서 방황했다.
하나는 나 자신과의 싸움이었고,
또 다른 하나는 남과의 싸움이었다.

나는 자신과의 싸움에서 자주 지고 있다.
작심삼일作心三日은 고사하고 작심조석作心朝夕이다.

아침에 먹은 마음 저녁에 변하니 한심하다.
자신을 잘 이기지 못하니 남에게 질 수밖에

이제부터라도 저 겨울나무를 닮자.
강풍이 쉬지 않고 흔들어도 끄떡 않는다.
오히려 휘파람으로 대응하고 있다.

저 겨울나무들처럼 의젓하고 늠름하게,
북풍한설을 이기는 기상을 본받지 않을 수 없다.
먼저 자신과의 싸움에서 이길 수 있도록 말이다.

평소엔 볼품이 없었던 앙상한 모습의 겨울나무.
회한悔恨의 길목 산행 길에서 나에게 속삭인다.
자신을 이기고, 예를 실천하는 사람이 되라고.

가을이 더 좋아

나는 간혹 사계四季의 모습에서 나를 찾아본다.
현재를 발견하고 제자리로 돌리며 그 속에서 추스른다.
그러기에 춘하추동을 인생에 비유해 보면 재미있다.

사계의 한 철을 나의 삶 이십년으로 셈해 본다.
춘春은 태어나서 약관까지일 것이고,
하夏는 약관을 넘어 불혹까지 이며,
추秋는 불혹을 넘어 이순까지 이다.
동冬은 환갑을 넘어 팔순까지 라고나 할까?

봄은 만물이 생동감을 자랑하는 상징이고 심벌이다.
온갖 동식물이 생명력의 위대함을 과시하며 뽐내는 시기다.
나는 유소년 시절을 보내고 약관에 교사가 되었다.

여름은 동식물들의 왕성한 활동의 시기이다.
식물로 말하면 열매를 맺고 영글게 키우는 시기다.
그사이 충실한 교사생활을 거쳐 불혹에 교감이 됐다.

가을은 오곡백과가 익은 계절이다.
내 나이 지천명 후반, 추秋의 시기가 틀림없다.
그러기에 '가을이 좋아'라는 노래가 나올 수밖에

나라는 열매는 이미 맺어졌고 착색되어 졌다.
어떻게 익힐 것인가가 현재의 과제이다.
곱게 익어야 할 텐데

내 삶이 평범했기에 화려한 색상은 어쩐지 부담이다.
새빨갛게 불타는 단풍잎 보다는
맑고 투명한 노란 단풍잎이 제격일성 싶다.

과일로 보면 결 좋은 감이면 곱게 늙어갈 것 같다.
모양은 완전 둥근형 보다는 하트형이면 좋겠다.
향은 은은한 유자 냄새이면 어떨까?
짙음도 역겹지만 무취 또한 건조한 삶이기에.

가을도 순간이려니 했더니 어느새 겨울이다.
겨울은 수확의 계절이다.
겨울은 감춤의 계절이다.
겨울은 봄 새싹을 준비하는 계절이다.

나의 겨울은 어떨지?
수확물은 풍성할지?
기대치는 부응될 수 있을지?
나누어 주는 여유로움이 왔으면 좋으련만.

원 더 네트

장마철 장대비가 쏟아진 후 소강상태의 등산길이었다.
동구 밖 도로를 덮치는 양쪽 도랑물 소리가 요란하다.
콸콸 거리는 물 덩이가 산을 오를수록 멋을 연출하며 뒹군다.
산의 등산로 입구는 약간의 흙탕물이 길을 넘쳐흐를 뿐이다.

불쑥, 물의 '원 더 네트' 현상이라는 생각이 들었다.
산에 떨어진 빗방울들은 지형에 순응한다.
낮은 곳으로의 흐름을 위해 이리 구불 저리 구불이다.

내가 '원 더 네트'라는 어휘를 처음 접한 것은
TV에서 동물의 세계를 시청할 때의 일이었다.
해설자는 '동물들의 놀라운 적응력'을 '원 더 네트'란다.

자연의 현상이 바로 하나의 '원 더 네트'요,
무한의 우주 존재가 바로 '원 더 네트'일 것이다.

동물들의 '원 더 네트'는 참으로 신기하기가 그지없다.
변장술의 멋쟁이 카멜레온은 색을 마음대로 바꾸고
풍뎅이는 건들면 몸을 둥글게 말아 죽은 시늉을 한다.

움직이지 않는 식물의 '원 더 네트' 현상도 놀라울 뿐이다.
선인장 목질 부는 물관이 되고 잎은 가시로 퇴화했다.

지구상 모든 동식물들의 환경적응 경이로움!
생각해 볼수록 기적의 늪에 빠지고, 신비의 미로를 헤맨다.

무생물의 세계에서도 '원 더 네트'는 놀라울 뿐이다.
수석은 억겁의 고행을 한 뒤에 기기묘묘하게 된다.
천태만상이니 희한하기 그지없다.

만물은 성장하다 소멸되어 진다.
이 모든 신비의 세계가 '원 더 네트'이리라.
요즈음 '원 더 네트'의 파괴에, 가슴이 아프다.
샛강 따라 강으로 가보자.
많던 송사리, 피리 등 어디로 가서 둥지 틀고 있을까?

고개 들어 밤하늘을 관찰해 보라.
북두칠성은 어쩌다 보이지만 은하수는 확인하기 어렵다.
하늘을 뒤덮는 뽀얀 연기나 먼지를 누가 뿌렸을까?

뿐이랴, '복제식물', '복제동물' 등은 무슨 말인가?
인위적인 '원 더 네트'의 변형, 파괴는 안 될 일이다.

과학은 '원 더 네트' 범주 내에서 발달해야 한다.
우주의 '원 더 네트'가 건강하게 존재하기를 기원해 본다.

시간을 낭비한 죄

세상에 갖가지 죄의 종류가 많다.
일반적으로 죄라고 하면 허물을 일컫는다.

나는 여기에 또 다른 시각의 죄를 상정해 본다.
자신에게 해를 끼치는 것도 죄가 아닐까 하는 것이다.

스스로에게 지은 죄는 신체적, 정신적인 면도 있지만
생을 어떻게 관리하느냐 하는 것을 문제 삼고 싶다.
내가 만약 염라대왕이라면 자신의 죄를 추궁하겠다.
신체적, 정신적인 면보다는 시간 낭비한 죄를 묻겠다.

사람은 누구나 일정 시간을 살고 가도록 축복 받는다.
삶은 마라톤이기에 쉼 없이 달리고 또 달려야 한다.
자신의 체력을 안배하면서 속도를 조절할 필요는 있다.

우리는 '토끼와 거북이 경주'에 대한 지혜를 알고 있다.
현대인들 중에는 토끼의 습성 소유자가 너무나 많다.
어려움을 참고 견디며 꾸준한 노력의 열매를 싫어하며,
쉽고 편안하게 한순간에 목적을 달성하려고 발버둥 댄다.

토끼의 패인은 자기가 빠르다고 잠을 잤기 때문 아닌가?
주어진 경주 소요 시간을 헛되이 사용한 죄 값이다.

토끼 경주 놀음을 반복하는 군상들이 많아 안타깝다.
결국은 '시간유용'의 누수현상 속에 현대인은 살고 있다.
시간의 생산성을 저하 시키는 습성은 파멸의 길 뿐이다.

시간은 황금을 주고도 살 수 없는 것이다.
시간은 인생의 가장 중요한 재산이다.
나에게 주어진 시간은 지나면 오지 않는다.
빌려 쓸 수도 없고 빌려 줄 수도 없는 것이 시간이다.

동양의 금언에 '석시여금惜時如金'이라는 말이 있다.
'시간은 금이다'는 뜻이다.
시간을 어떻게 쓰느냐에 따라서 인생 흥망이 좌우된다.
시간 낭비는 생명 낭비요, 시간 절약은 생명 절약이다.

죽어서 '시간을 낭비한 죄'를 추궁 받았을 때
떳떳하였으면 좋겠다.

나의 그림은?

서실에는 엽서 크기 그림이 벽면을 장식하고 있다.
지난 정초에 보내온 연하장들이다.
썰렁하던 서실 벽면이 따사롭게 피어올랐다.
남들이 보면 소꿉장난이라고 비아냥거릴지도 모르지만,
그림 하나하나를 보면서 의미를 되새김질해 봤다.

시선을 자주 머물게 한 것은 바위와 틈새의 난이다.
만고풍상에도 불평, 불만 한 마디 없이 침묵하는 바위.
그 틈새에서 시선을 창공에 두고 의義를 곱씹는 난!

바위와 난, 강자와 약자 상반된 속성을 지니고 있다.
한 폭의 그림으로 조화를 이루었다.
불변의 지조와 절개를 선사하고 있다.

그 그림 옆에는 활짝 핀 매화 그림이 있다.
구불구불 용틀임 치는 줄기는 굳센 개선장군 표상이고,
희고 붉게 핀 꽃은 엄동설한 속 눈송이 넋이다.

심산유곡 안개 속을 솟아 오른 해의 그림도 있다.
희망과 정열이 샘솟는다. 용기와 약진이 꿈틀거린다.

인생 삶은 어쩜 한 폭의 그림을 그리는 작업이다.
종착역에 이르면 모든 이는 한 폭 그림을 완성할 것이다.

나는 지금 어떤 그림을 그려가고 있는 것일까?
스스로의 애착에만 급급한 그림 보다는
가족과 이웃에 사랑을 듬뿍 나누는 그림이었으면.

미움과 증오가 누더기처럼 묻어있는 그림보다는
내면의 고통과 슬픔이 승화된 그림이었으면 한다.

가졌던 모든 것은 삶속의 욕망이었음을 자각하고
가난은 불편한 것일 뿐 죄가 아님을 깨닫는 그림.

풋풋하고 진솔하고 상큼한 향이 나는 그림.
높은 것 보다는 낮은 것을, 특별 아닌 보통을,
비굴 아닌 떳떳함을 실천하며 살아 왔다는
그림이 완성 됐으면 좋겠다.

현재의 일부 사람들 그림은 추하기 그지없을 것 같다.
부패, 사기, 부도덕, 거짓 등이 판을 치는 세상이기에.

내가 남겨질 그림이 못내 궁금하다.

가면 놀음

거실에 가로 20cm, 세로 50cm 가면 액자가 있다.
액자 상단에 영어 표기 가면 제목이 있다.
외국 관광객을 상대로 한 상품이다.

맨 아래 작품은 '양주별산대놀이 탈'로서,
각시가 족두리 틀어 올리고 연지곤지 찍고,
놀란 토끼눈을 하고 있다.(중요무형문화재 2호)

가운데 있는 것은 '봉산 탈'로
머리엔 첫돌 아이가 쓰는 호사스런 모자를 쓰고,
얼굴엔 3개의 복점을 찍고 있다.(중요무형문화재 17호)

맨 위에 있는 작품은 '하회별신굿' 탈이다.
3층 갓을 쓴 양반이 세상사를 달관한 양,
파안대소를 하고 있다.(중요무형문화재 69호)

나는 이러한 가면을 보고 있노라면,
'인생살이는 가면 놀음이 아닐까?' 하는 생각에 빠지곤 한다.
예로부터 도처에서 수많은 가면이 만들어져 사용되어 왔다.
결국, 인간 삶이 있는 곳에 가면은 존재했었다.

민속 가면극을 보면, 풍자와 해학이 넘쳐 웃음이 절로난다.
양반희롱이 있는가 하면, 파계승에 대한 비웃음도 있고,

남녀 삼각관계의 갈등을 꾸짖기도 한다.
가면의 힘을 빌려 마음껏 화내고 울고 웃으며
내면을 들춰냄은 참으로 멋진 삶의 윤활유이리라.

모든 동물에겐 원초적으로 가면의식이 있다고 한다.
보호 본능적인 색깔변신, 죽은 시늉 등의 변장술이다.
그래서 일까? 내 마음 가면의식이 충만 되어져 있다.
삶을 들여다보면 모든 것이 가면 놀음이 분명하다.

일심동체 부부지만 가면놀음을 하고 산다.
한 피를 섞은 부모자식 형제간이라도 속마음을 감춘다.
이것이 바로, 가면놀음 아닌가?
친구 간 남남 간에는 더욱 심하리라.

'가면 인자'가 적고 많고, 약하고 강할 뿐이다.
가면 인자를 완전 배제할 수 없는 삶이라면
어떻게 선용할 것인가를 생각해야 한다.

가면극 본래 취지, 목적을 망각해서는 안 된다.
간접적 접근으로 남을 헤치지 않고,
은유와 풍자 속 기쁨을 주는 미덕이었으면 좋겠다.
스트레스를 주지 않는 가면극이어야 하리라.

무궁화 설움

초등학교 1학년 시절이었다.
동구 밖 500m지점 도로변에 부잣집이 있었다.
정원이 잘 가꾸어지고 감나무도 많았다.

그 집 옆을 지날 때 고개를 돌리던지 눈을 감고 지났다.
정원에 '눈에 피나무'가 있어 그걸 보면 눈병이 난단다.
교화된 주민들의 구전에 의한 유년시절의 행동이었다.

한일합방 후 민족성 말살 위해 무궁화 없애기가 심했다.
방방곡곡 관공서, 학교, 사찰, 공원, 유원지 등에
'사쿠라(벚나무)'가 심어지고 무궁화는 뽑혔다.

무궁화 어원은 신라 최치원의 근화향槿花鄕에서 찾는다.
1930년대 애국가 후렴에 「무궁화 삼천리」가 되었다.
일제 때 국화 아닌 국화가 된 무궁화!
지금도 법령이나 법규로 나라꽃이 아니다.

하지만, 나라 찾은 기쁨은 무궁화도 축복이었다.
50년대부터 서울농대에서 무궁화 육종연구가 시작되고
우리말로 새 이름이 붙여진 것만도 34종이나 된다.
화랑, 배달, 원술랑, 아사달, 일편단심, 사임당 등등.
정부와 각종 단체가 무궁화 심기 운동을 벌였다.

88올림픽이 끝나자 무궁화 붐이 주저앉기 시작했다.
그리고 빠르게 전국공원이나 관광지가
벚꽃 천지로 변해가는 것이었다. 어이된 일일까?

90년대 중반 희한한 일도 생겼다.
무궁화 조성 상금으로 벚나무 가로수를 조성했다.
우리나라 꽃이 무궁화인가? 벚나무인가?
꽃피는 봄, 전국 어디서나 가는 곳마다 벚꽃 세상이다.

무궁화 서러움은 지속 된다.
나라꽃 법률제정의 적합성 논란이다.
반론을 살펴보면, 외래종이며, 자생 지역이 적고,
양반 선호의 꽃으로 평등성에 위배 된다는 것이다.

어이 할 꺼나 무궁화야!
이제 국민들은 벚꽃 신드롬에 빠졌다.
지금 너는 벚꽃에 파묻혀 보이지도 않는구나.
무궁화 너의 눈물은 언제쯤 걷힐까?

어떻게 늙을까?

지천명 후반 세 살배기 외손녀가 '하씨'라고 부른다.
재롱부리는 손녀에게 나는 어떤 모습을 보여주어야 할까.

나는 어떻게 늙을까? 노추老醜는 없어야 할 텐데
사람들은 늙어지면 용모에 신경을 쓰지 않는다.
좀 더 단정한 모습으로 생활하도록 노력할 것이다.

나는 어떻게 늙을까? 노약老弱한 모습은 없애야 할 텐데
사람이 늙어지면 누구나 마음이 약해진다.
늙으면서 이런 노약한 모습을 극소화하고 싶다.

나는 어떻게 늙을까? 노쇠老衰하지는 않아야 할 텐데
사람이 뭐니 뭐니 해도 늙어지면 힘이 없어진다.
노쇠는 어쩔 수 없다 해도, 미리 적응하지 말고 운동하자.

나는 어떻게 늙을까? 노망老妄은 없어야 할 텐데
주변에서 망령 끼 노인들을 흔히 본다.
자신의 의지와는 다른 현상이지만, 예방법에 주력하자.

노추. 노약. 노쇠. 노망은 인간의 필연이다.
극소화 위해 노력하며 살아가리라.

공룡능선

우리나라 등줄기 태백산맥 천오백리[*)]
그 중간인 높은 산악 지대가 설악산 '공룡능선'이다.

이름이 암시하듯 천사오백 미터의 험준한 바윗길.
마등령에서 회운 각 대피소까지 다섯 개 봉우리다.

상층부 능선이기에 맑은 물소리를 들을 수 없지만
광활한 시계視界 속에 비경은 웅장과 신비로움이다.

공룡능선의 산행!
태백산맥의 험준한 공룡능선의 등반은
지천명 후반의 나에겐 과욕이었던 것 같았다.

[*)] 태백산맥 : 원산에서 낙동강 하구까지며, 남북 삼천리의 절반 약 천오백리.

지구 판막증

몇 년 전 동료가 입원한 병원에 갔었다.
병명이 '심장 판막증'이었다.
심장 날름막에 이상이 생겨 원활한 피의 소통이 어렵다.

나는 요즈음 '지구 판막증' 노이로제에 걸려 있다.
토양이 오염되고 강물이 썩어가며
바다가 더러워지고 공기가 탁해지고 있으니
지구도 판막증에 신음하고 있지는 않은지?

흙을 한 줌 만져보면 그 감촉이 옛날과 같지 않다.
흙냄새는 풋풋함 대신 농약내가 후각을 자극한다.
이런 현상이 '토양 판막증'이 아닐까?

요즈음 샛강을 보는가?
생활하수거품, 공장폐수, 오물에서 나온 적수,
이들이 어우러져 샛강은 죽어가고 있다.
강물에는 물고기 떼 주검이 떠간다.
'강의 판막증' 모습에 눈 속은 뜨거운 액체에 젖는다.

연근해가 기름과 오물이 가중되고 있으니,
'바다 판막증' 역시 시간문제이다.

소년시절의 메아리와 놀던 일이 생각난다.
산에 가면 '산 메아리', 들에 가면 '들 메아리'
지금은 메아리가 들녘을 떠난 지 이미 오래 전이고
깊은 산골에서만 목숨을 부지하고 있으니 안타깝다.
이 모든 것이 '공기오염의 판막증'이 아니런가.

대기권 오염도 상당히 심각한 문제가 되었다.
이산화탄소 증가, 오존층 파괴, 온난화 현상,
기상이변 등의 어휘가 우리들 가슴에 조바심을 준다.

나의 귓전에서 '지구 판막증'의 신음 소리가 들린다.
땅이, 강이, 공기가 살려 달라고…

가슴에 충동의 여울이 일렁거린다.
흙 놀이를 하며 잔디밭에 뒹굴고 싶다.
물장구치며 송사리 떼를 몰고 싶다.
진달래 따먹으며 메아리를 부르고 싶다.

추억의 갈피 속 지구의 판막증을 잠재워
그 아름다운 자연의 품속으로 달려가고 싶다.

반쪽짜리 삶

나는 요즈음에 와서
내가 하는 일에 대하여
내가 생각하는 것에 대하여
내가 행동하는 것에 대하여
종종 의구심을 품어 본다.

어딘가 채워지지 않는 방랑자인 것 같다.
미완성 인생연극의 주인공이라고나 할까?
그렇다고 특별한 불만이 있는 것도 아닌데.

직장생활은 평생을 교육에 몸 담았다.
그 속에서 삶을 안주하고 생의 보람을 느꼈었지만
연륜이 많아지면서 책무성이 더 무거워졌었다.
항상 부족함에 반쪽짜리 삶이었다.

그럼 가정생활이라도 만족했어야 할 텐데
2남 2녀의 자녀를 두고 뒷바라지를 했다.
모두들 성품 좋고 건강하니 큰 복이 아니더냐.
하지만 가정생활 역시 반쪽짜리 삶이 아니었을까?

나의 삶은 어쩜, 영원한 미완성의 교향곡일까?
아니면, 항상 반쪽짜리 삶의 연속일까?

삶의 완성을 갈망하는 것은 하나의 꿈일까?
채워지지 않는 마음이 인생 삶의 현주소라면
만족을 희구하는 것은 이상 세계일까? 헛된 욕심일까?

자연현상이 음양의 조화이고
조물주는 나를 이 세상에 남성으로 보냈다.
탄생부터 반쪽짜리 삶을 해야 할 운명이 아니더냐.

나의 운명 자체가 반쪽짜리 삶이라면
모든 것은 항상 부족이고 채워지지 않아야 옳을 것이다.
그런데 어이 모든 생활에 완성을 원하고 있단 말인가.

인생 삶에 완성은 없겠지.
미완성 자체의 성실한 반쪽 삶이 성공한 것이려니.
채워지지 않음은 당연지사가 아닐까?

「욕망은 꽃을 피우나, 소유는 모든 것을 시들게 한다.」
나의 반쪽짜리 삶에 대한 소갈이는
'소유'가 아닌 '욕망'이었으면 좋겠다.

등藤 여인

휘늘어진 등나무 꽃을 보노라면,
우아하고 품위 있는 여인이 연상되어 진다.

등 여인은 무척 수줍음을 타는 것 같다.
대게의 꽃들은 3, 4월에 호사롭게 단장하는데
등 여인은 신록이 한창인 5월에야 모습을 드러낸다.
그것도 초록빛 가지에 숨어 핀다.

등 여인은 정열적인 남자를 싫어하는 것 같다.
다른 여인들은 태양을 향해 자태를 뽐내지만
등 여인은 땅을 바라보며 미소 짓고 있다.

등 여인은 유연하면서 끈기가 있다.
등꽃 모양이 총상화서總狀花序*)이다.
꽃송이들은 너무나도 연약한 줄기에 매달렸다.
약한 바람에도 우수수 떨어질 성 싶다.

하지만, 세찬 바람이 불어와도 끄떡없다.
유연 하면서 끈질긴 버팀 성은 어디에서 왔을까.

---

*) 총상화서(總狀花序) : 긴 꽃대에 꽃꼭지가 있는 여러 개의 꽃이 어긋나게 붙어서 밑
에서부터 피기 시작하여 위로 피는 꽃 종류의 총칭.

등 여인은 억척스런 생활력의 소유자다.
기어오르지 못한 줄기들은 지면으로 뻗는다.
흙에 덮인 부분은 뿌리를 내리며 번식한다.
억척스런 등나무의 생활력을 실천하면 좋으련만.

등 여인이 풍기는 향이 그윽하다.
주변을 지나가는 나그네의 콧속을 자극한다.
짙은 냄새와는 달리 은은하면서도 감미롭다.
그러기에 벌들이 발길을 멈추고 꽃 속을 맴도나 보다.

등 여인!
그는 항상 겸손하면서 수줍어한다.
하늘을 흠모하기는커녕 땅을 내려다보며 살고 있다.
그는 청사초롱 넋이기에 베풀며 기쁨을 준다.
온갖 고난을 사랑하며 웃음을 준다.

그는 남에게 의지하지 않으면서 홀로서기의 명수답게
끈끈한 생활력을 유감없이 발휘한다.

그는 나의 영원한 동반자.
오래오래 함께 하리라.

인체 부품 반납시기

초가을 어느 날 치과를 찾아갔다.
왼쪽 어금니 쪽이 물마시기도 힘들었기 때문이다.
의사는 아픈 치아를 발치해야 되겠다고 했다.

3분가량 실랑이 하더니만 사랑니가 뽑혀져 나왔다.
의사는 빙그레 웃으면서 사랑니를 보관하라고 한다.
따라 웃으며 '가보家寶로 할까요?' 라고 대꾸했다.

순간, 다음과 같은 넋두리가 머리를 스쳐 지나간다.
'아~ 어느덧 신체 부품을 반납할 시기가 왔구나.'

신체 부품 반납은 4·5년 전 모발로 부터 시작되었다.
머리를 감을 때마다 머리카락이 한 줌 씩 뽑혀져 나왔었다.
다른 신체 부품 기능도 눈에 보이지는 않지만
시나브로 쇠해가고 있을 것이다.

10년이면 강산도 변한다고 했는데
나의 신체 부품은 5번 변하고, 6번째 진행 중이다.
이젠 닳아져서 떨어져 나가는 것은 당연지사가 아닐지.
이것이 바로 자연의 섭리인데 그 누가 막으리오.
신체를 조립해 차용 해준 조물주에게 감사를 드린다.

인체의 어느 부품이 고장 나면 신속히 수리해야 한다.
수리해도 불능이면 부품 교체의 처방도 감수해야 한다.

그래도 기능 회복이 안 된다면 어이하랴.
그 부품을 차용해 주었던 주인에게 반납할 수밖에.
그것이 하늘의 이치이고 뜻인 것을.

불로초 불사약을 찾던 진시황도
끝내는 '하늘의 뜻을 좇는 자는 흥한다' 라고 하면서
자신의 마음을 다스렸다고 한다.

지천명 중반을 사는 나도 하늘의 뜻을 알아야 되겠다.
인체 부품 반납 시기를 겸허하게 받아들이리라.

나의 인체는 빌려 쓰는 몸 뚱 아리.
언젠가 빌려준 주인에게 반납하는 것은 사필귀정!

모든 걸 되돌려주는 그날까지
본래의 주인에게 감사하면서 고마움을 잊지 않으리라.

초初의 단상

나는 언제부터인가
초初에 대하여 매력을 느끼며 살아오고 있다.

초는 '처음', '햇', '초기'로 첫 뜻을 나타내는 말이다.
뒤에 오는 명사나 동사와 어우러지면서 표현이 달라지고
정감도 각양각색이 된다.

초는 명사 앞에 '햇'으로 되어 새로 나온 것을 나타낸다.
햇곡식, 햇보리, 햇감자, 햇감, 햇고구마 등등.
풍진 세상에 때 묻지 않은 것이 '햇'인데,
인간도 해마다 '햇사람'이 될 수 있다면 얼마나 좋을까?

초는 '첫'과 같은데 쓰임에 따라 약간 느낌을 달리한다.
첫 사랑, 첫 키스, 첫 결혼, 첫 솜씨 등등은
사건에 대한 첫 경험을 나타내는 말이다.

초는 '풋'과도 같은 뜻이다.
풋내기, 풋사랑, 풋사과, 풋고추 등.
설익은 상태를 표현하고 청순함을 일깨워준다.

초는 다른 말로 변하지 않고 쓰이기도 한다.
초년생, 초행길 등 얼마나 산뜻한 낱말들인가?

또한 초보, 초심, 초급 등은 미래의 꿈이 있다.

초의 말들은 신선하고 싱싱함을 주지 않는 것이 없다.
초가 들어가면 그 말이 부드럽고 정겨움을 준다.
초는 항상 미숙함의 대명사가 된다.

미숙은 성숙이나 완성을 전제로 하면서
항상 희망적이고 발전적이며 도약을 내포하고 있다.

나는 언제나 모든 일, 모든 것에 대하여
햇병아리였고 풋내기였던 것 같다.

매사가 시작이었으며 부족하였고 초보자였다.
10대도 그러했고, 2·30대나 40대도 그러했으며,
지천명 후반이어도 모든 것이 초보인 것 같으니
죽어서는 초初의 딱지를 뗄 수 있을지?

삶은 기적이 아닌데

1995년 6월 29일 목요일 오후 6시 30분.
삼풍백화점(지상 5층, 지하 2층)이 폭삭 주저앉은 날이다.
쇼핑 러시아워의 시간이었다.

재난을 접할 때마다 경악을 금치 못하면서
인간들의 기적 같은 삶을 생각해 보곤 한다.
빌딩이 내려앉아 목숨을 앗아갈 줄,
교량이 끊어져 그 위에 있던 사람이 수장될 줄,
그 누가 생각이나 해 봤겠는가!

기적은 '생각할 수 없는 신기한 일'이며
우연은 '생각하지 않았던 뜻밖의 일'이다.
그러기에 기적과 우연은 동일한 뿌리의 언어들이며
같은 속성을 간직하고 있는 것 같다.

그런데 우리 사람들은 '기적'과 '우연'에 대한
뉘앙스를 크게 달리하고 있다.
재난을 피한 사람은 '기적'이었다고 좋아하고
재난을 당한 사람은 '우연'이라고 가슴을 곰 삭인다.

여기서 나는 내 자신을 비롯하여 우리 인간들의
자가당착自家撞着적인 고소苦笑를 금치 못한다.

왜냐면 기적이나 우연을 은연중에 바라면서
어느 땐 운명으로 받아들이고 있으니 말이다.

나는 인과관계因果關係를 믿는다.
모든 사물, 사건의 생성 변화에는
반드시 원인과 결과가 연을 맺고 있다고 본다.

붕괴 된지 스물 사흘만인 7월 21일.
삼풍백화점 잔해 제거 작업이 모두 끝났다고 한다.
4백여 명의 고귀한 생명을 빼앗아 간 채

우연을 바라는 어리석은 우리의 삶이
기적의 발을 동동 굴리면서
역사의 피안으로 넘어 갔다.

지을 때 튼튼한 시공은 할 수 없었을까.
설마가 사람을 잡는 세상이 아니었으면 좋겠다.
우리 삶은 기적이 아니기에.

채워지지 않는 맘

산새들이 노래하며 들꽃이 만발한 계곡.
하얀 비행기가 날아가면서 삐라를 뿌린다.
나풀나풀 춤을 추며 지상으로 내려온다.
쫓아가보니 세종대왕도 선명한 만 원짜리 지폐였다.

돈은 계곡을 뒤덮고 정신없이 줍는다.
순간에 등산객이 모여든다.
더 주우려고 쫓다가 그만 개울에 빠졌다.
깜짝 놀라 깨어보니 꿈이었다.

새벽 종소리가 별 밭에 흐른다.
참으로 희한한 꿈이었다.
평소에 돈 욕심이 없다고 생각했었는데,

꿈은 잠재의식의 발현이라고 하지 않던가.
'평소 돈은 목적이 아니고 수단이다'는 주장은
외심外心의 허구였고, 내심內心은 아니었던 것일까?

등산과 낚시를 꽤나 좋아해
맑은 공기를 마실 때면 상쾌하기 그지없다.
그렇지만, 문득 문득 허허로운 마음이
산에서는 산바람처럼 바다에선 파도처럼 밀려듦은 어인 일일까?

나는 간혹 이상향을 그려본다.
사람들이 오래 살 수 있는 장수촌,
늙고 병들어도 걱정 없이 지낼 수 있는 복지 촌,
그런 곳에 산다고 평온함이 지속될 수 있을까?

마음은 영원히 채울 수 없는 속성이 있지 않을까?
재물은 더 많은 무한의 욕망을 유발시키고,
명예, 권력은 상승시키려고 혈안이 된다.

행복한 가정에서도 고독이 숨쉬며
취미생활 즐거움 뒤에도 허전함이 깃들고
예술창작의 환희 속에서도 불만족이 찾아온다.

'채워지지 않는 마음'은 누구의 몫일까?
아무리 노력해도 욕망, 고독, 외로움, 불만족에서
완전하게 헤어나지 못하고 방황하고 있으니 말이다.

인간은 무심無心에서만 마음을 채울 수 있을는지.
'채워지지 않는 마음'은 우주의 섭리일까?
어리석은 인간의 욕심일까?
비우고 또 비우자.

황모래 한 알

찰싹 대는 바닷가! 황모래 한 알!
'넌 왜 평범한 모래로 태어났니?'
'보석 알갱이였으면 귀한 몸이 되었을 텐데.'
그는 고개를 살래살래 흔든다.
보람찬 과거를 회상하면서 흡족한 미소를 머금는다.

그의 머리엔 조상들의 발자취가 시나브로 확대되었다.
황모래 시조 고향은 순수만이 맥박질 하는 빙하 대지였다.
억겁의 세월을 먹으면서 분열을 계속해 왔으리라.
때로는 지각 변동 적자생존의 자연법칙에 순응하면서.

황모래 고조부 암석은 산골짜기에 자리했었다.
증조부 조약돌은 홍수에 밀려 냇가에 둥지를 틀었다.
조부 자갈은 강어귀에 수 만년을 파도와 놀며 살았다.
황모래가 태어난 곳은 이 바닷가였다.

어느 날 황모래 친구들과 함께 덤프트럭에 실려졌다.
시멘트와 혼합되어져 전망대 계단에 자리를 했다.
오르내리는 수많은 발길을 보살펴주는 계단이 되었다.

황모래는 그러기를 40여년, 단단했던 근력이 쇠잔해졌다.
전망대가 헐려져 자유의 몸이 되었다.

찰랑대는 파도에 몸을 맡겨 살고 있다.
여생에 대한 꿈의 나래를 펼치는 것이
하루의 일과가 되었다.

물방울을 통해 황모래는 추억을 더듬는다.
비바체(Vivace)로 생활하며 성숙하던 나날들.
아다지오(Adagio)로 오던 행복의 편린들.
때로는 바보의 순수로 지혜의 샘물을 마시기도 한다.
태평양, 드넓음도, 금, 은, 보석의 너스레는 더욱 싫다.

황모래 한 알!
'낮으면 밟히고 높으면 바람 탄다'
"짓밟힘 속에는 솟구치는 힘이 있다"
너는 이 말을 믿고 실천하며 살아왔구나.
그래서 황혼기가 건강하고 유유자적 하나 보다.

넌 모래톱에 던져진 하찮고 보잘 것 없는
일생이었다고 겸손해 하지만
제 몫을 성실히 산 역사의 주인공이다.

해변의 황모래 한 알!
너는 나, 나는 너이려니!

꼴찌부터

지난 추석날 아침이었다.
고향에 다녀오려고 정류장에 나갔다.
새벽부터 나왔는지 개찰구 줄은 100m를 넘고 있다.
맨 끝에 서면서 불현듯 엉뚱한 생각이 들었다.
'꼴찌부터 개찰한다면 내가 1번인데.'

나는 간혹 1등이라는 통속적인 관념에 의문을 품어본다
1등은 상대적 산물이며, 그 영광은 타인이 있어서이다.

질서유지를 위한 차례 매김의 가치 기준 순서는 필요하다.
그것은 어디까지나 유한 속에 순서적 위치일 뿐이다.
인간 우열 판단의 영원성을 부여하는 것은 아니다.

사람들은 어느 부분서 1등을 인간 1등으로 착각한다.
본인은 인생 승리자의 우를 범하기도 한다.
어쩜 인간은 만물의 영장이 아니라
만물 중 가장 바보스런 존재인지도 모른다.

직장에서는 동료의 사랑이 미움으로 불타오른다.
1등을 위한 사회의 병리현상에 마음 아프다.
믿음이 불신으로 변하고 중상모략이 기승을 부린다.
최고가 되기 위해 사기, 폭력 등이 난무한다.

해서, 나는 '꼴찌부터'라는 사회질서규범을 상정해 본다.
'꼴찌부터'라는 사회규범 착상은 황당무계한 생각일까?

우리들 마음속에
'꼴찌부터'라는 도량이 자리하기를 기대해 본다.
생활에서 조금씩 베풀어지면
우리 삶은 여유로워 질 것이다.
일류병이 조금은 없어질 수 있지 않을까?

조물주가 만물을 창조할 때
맨 마지막에 사람을 만들었다고 한다.
그렇다면 인간 삶의 방법도 '꼴찌부터'라는 생활규범이
우주의 법칙에 부응하는 일이 아닐는지?

나도 장애인

지난 3월 20일은 장애인의 날이었다.
저녁 TV에 장애인의 행사 장면이 비춰진다.

장애는 지적장애와 신체적 장애로 구분되어지고 있다.
허우대는 멀쩡하지만, 비정상적인 사람이 너무 많다.
사기 치는 사람, 자신 멸시 자, 무기력한 사람 등
이 모두가 '참 장애인'이 아닐 수 없다.

나는 장애인의 기준을
신체 보다는, 정신적인 면에서 찾고 싶다.
도덕성, 진실성 등의 결핍이
어쩜, '참장애인의 속성'이 아닐지?

어쩐지 나는 장애인보다 못한 것 같다.
때로는 정의롭지 못하게 비굴했고 거짓부렁 하였으며,
어려움에 대하여 쉽게 포기하지 않았던가.

눈이 이간질 한다면, 말 못하는 이 보다 더 나쁘고
유혹에 빠지면, 듣지 못한 이보다 못할 것이며
발이 있어 악을 좇는다면, 걷지 못하는 이보다 더 못할 것이다.

장애인들의 행사 장면이 눈에 선하다.
자신의 장애를 극복하고 동료를 도우며 운동을 하고 있다.
자기보다 못한 사람을 위해 봉사하며 살아가고 있다.

저들보다 더 뜨거운 가슴으로
사랑과 봉사를 하며 살고 있는지 부끄럽다.
나도 장애인이다.
당신도 장애인이 될 수 있다.

조물주의 망령

갖가지 초목이 잿빛 표피를 벗고 새싹을 틔우며
동물들이 겨울잠을 깨는 경칩도 지난 지 약 한 달이다.

진달래는 온 산하에 불바다를 이루고 있었다.
뿐이랴 목련, 벚꽃도 시샘하여 피기 시작했다.

따뜻한 봄이 무르익는 3월 마지막 날 아침에 일어나니
흰 눈이 펑펑 쏟아지고, 하늘은 온통 먹구름으로 가려졌다.
차를 몰고 출근길에 오르니 눈발은 더욱 기세를 피운다.

운동장은 하얀 솜 밭이 되고 나뭇가지는 설화가 만발했다.
봄의 꽃 잔치 정원에 찾아든 설화는 겨울 풍경화를 그려놓았다.
피어나던 목련은 만개된 것 같았고 개나리꽃은 흰옷을 입었다.

눈길을 어렵게 출근한 직원들이 저마다 한 마디씩 한다.
"오늘 아침 날씨는 한 겨울은 저리 가라군요."
"설을 다시 쇠야 하나 봅니다."

"하느님이 많이 늙어서 계절 통제를 못하나 보죠."
"조물주가 망령이 들어 그런 거예요."

이야기를 나누던 무리들은, 순간적으로 폭소를 터뜨렸다.
조물주 망령(?)을 운운하니 웃음보가 터졌다.

최근에 지구의 도처에서 일어나고 있는 이상기후異狀氣候.
지금까지 경험 못했던 일들을 체험하도록 강요하고 있다.

상식을 벗어난 지진이나 폭우, 폭설로 생명을 앗아간다.
이런 현상이 과연 조물주의 망령으로만 웃어넘길 일일는지?

혹시, 만물이 조물주의 뜻을 어기고 있는 것은 아닐까?
아니면, 만물이 살아가는 방법을 잘 모르고 있는 것일까?

사람을 제외한 동식물들은 조물주의 뜻을 어기지 않고
한 장소, 한 자리에서 자연법칙을 준수하고 있지 않던가.

조물주는 이 병든 자연을 치료하고 예방하여,
만물을 보호하기 위해 고육책苦肉策으로 이변을 주나보다,

그렇다면, 봄의 향연饗宴에 설화雪花의 불청객 사건은,
'조물주의 망령'이 아니고 우리 '인간의 망령'일 것이다.

IMF 시대 어

IMF! 난생 처음 듣는 단어였다.
도대체 IMF가 무엇일까?

IMF는 1947년 UN 산하에 설립된 기구였다.
최초에는 35개국이었는데 현재는 188개국이나 된다.
한국은 42년 전에 가입하고 1986년에 서울서 총회를 했다.
가맹국간의 국제 통화협력을 촉진하기 위한 기관이다.
환위기시 단기적으로 자금을 이용할 수 있다.

1997년 IMF파동 후 생긴 '구조조정', '정리해고', '은행합병',
'빅딜', '부실금융정리' 등 언어가 나를 어리둥절하게 한다.
뿐이랴, '퇴출'이라는 낱말에는 아연실색할 수밖에 없다.

하지만, 어이하랴.
기업의 경쟁력을 드높이고 국가의 부도를 사전에 방지하며
선진국으로 발돋움하는 기틀을 마련하기 위해서는
감수하고 감내하며 극복해 나가야 한다는데.

그렇다면, 내가 먼저 솔선수범할 수밖에…
마음을, 행동을, 생활을 '구조조정'해야 되겠다.
사치성, 낭비성, 모순성 등을 '퇴출' 시켜야 되겠다.

입은 하나 귀는 둘

자정이 되면 대학교 다니는 막내가 귀가하는 시간이다.
밤 12시가 지나고 1시가 되어도 한 통의 전화도 없다.
아침부터 나의 고성은 계속 되어졌다.
평소 그 애의 생활 모습에서 느꼈던 내용까지
장황하게 토로하였다.

"제가 전화를 못 드린 것은 죄송합니다."
막내의 귀가가 늦어진 사유를 듣는 순간이었다.
'아차 이야기를 충분히 듣고 나서 충고를 해 줄 것인데.'
입은 하나, 귀가 둘인 것은, 듣기를 두 배로 하라는 뜻.

눈이 둘인 까닭은
한 쪽으로 치우침이 없이 바르게 보라는 뜻일 것이고
귀가 둘이고 입은 하나인 까닭은
듣기는 많이 하고 말하기는 적게 하라는 조물주의 배려다.

이순을 넘은 지금에 와서야 '입은 하나 귀는 둘'인 섭리를
깨우치니 인생 삶의 지진아일까? 바보일까?

뇌 내 혁명腦 內 革命

『뇌 내 혁명』이라는 책이름에 매혹 되었다.
곱씹을수록 느낌이 크기에 수필화 해본다.

우리 인간의 뇌는 다른 동물의 뇌와 달리,
좌뇌와 우뇌로 나뉘어져 기능을 분담하고 있다.

좌뇌는 탄생부터 살아오는 동안 정보를 축적하는 곳으로
감정을 관장하니 '자기 뇌'라고 명명하기도 한다.

반면에 우뇌는 유전자를 가진 뇌이다.
우뇌는 '선천 뇌'인 동시에 '마음'이 있는 곳으로
우뇌를 잘 응용해야만 건강과 행복을 유지할 수 있단다.

우뇌 즉, 선천 뇌를 잘 응용하는 네 가지 포인트로서
플러스 발상을 하고, 운동을 하여 근육을 발달시키며,
명상을 자주하고, 식생활에 주의하라고 권하고 있다.

내가 매력을 느끼고 공감대를 형성하는 것은
'플러스 발상'과 '명상' 이었다.
삶의 역정歷程을 들여다보며 반성한다.

청보리의 꿈

봄의 화사한 꽃 잔치 제1라운드가 경칩 팡파르.
막을 올린 지 엊그제 같은데 어느새 목련이 시들해졌다.
우리 부부는 호사롭게 단장하고
한내 화백의 개인전에 초대받아 화랑에 갔다.

전시실을 메운 삼십여 점의 그림들이 나를 압도한다.
화가는 청보리 그림을 그린 지 십 육년 째.
그 사이 개인 전시회를 다섯 번이나 가졌다 하니
'청보리의 꿈'이 활짝 피어날 수밖에……

짙고 옅은 녹색과 청색이 눈이 시리도록 강렬하다.
감성을 자극해 생명의 영원성을 느끼게 한다.
회색의 도시 생활에 찌들어졌던 오감五感을 일깨워 주었다.

전시실에서 가장 큰 오백 호짜리 그림 앞에 섰다.
청보리에는 봄아씨 볼을 간지럽히는 미풍이 일렁이고 있다.
밭에 훌쩍 뛰어들고 싶은 동심童心이 용솟음친다.
큰 대자로 누우면 모든 세상이 파랗게 변할 것 같다.

이십 호짜리의 겹침 그림이 발길을 멈추게 한다.
중앙에 청보리가 약간 익어가는 모습이 있고,
그 주변에는 덜 익은 보리밭이 춤을 추고 있었다.

어렸을 적 보리 그름 추억이 저절로 회상되어 진다.
양 볼에 시커먼 재를 듬뿍 발랐어도
함박웃음을 웃던 너와 나의 얼굴.

그림마다 위아래에 색동옷 오색 띠가 그려졌다.
색동천에 사용되는 색채를 '오방색'이라고 하는데,
기쁨, 희망 등 인간의 상서祥瑞러움을 의미한다고 한다.
화면에 긴장감을 주고, 인간의 현실과 이상, 실상과 허상을
느껴 보라는 뜻이 숨겨져 있는 것이라고 설명해 주었다.

작가는 청보리 앞에서 붓을 놓지 못한 이유를
작가 노트를 통해 다음과 같이 적고 있었다.
"청보리는 꽃입니다./ 청보리는 우리의 얼굴입니다.
녹색은 생명의 빛입니다./ 청보리는 상실 시대를 사는 우리에게
치유의 메시지입니다."

청보리 그림은 나의 메마른 서정과 조우遭遇하면서
전원에 대한 향수의 바다를 자맥질해 주었다.
침전되었던 꿈과 희망의 앙금을 용해시켜 주면서,
상실되어 가는 자아를 눈뜨게 했다.

조화로운 삶

사람이 세상을 사노라면
가정이나 직장 숱한 갈등을 겪게 된다.

나는 요즈음에 와서 '조화로운 삶'에 대하여
얼핏 얼핏 생각해 볼 기회가 많아졌다.

사람들은 사소한 것에 목숨을 거는 경우가 많다.
전화를 오래한다고 시비가 되어 상해가 유발된다.
돈을 갚지 않는다며 치사 사건이 발생되고 있다.
세상사 모든 사실, 사건은 결국 사소한 것이다.
여기에 목숨을 거는 것은 바보짓 아닌가?

현재의 생활과 처지에서 행복하려고 노력해야 되겠다.
행복은 과거의 일도 아니고 미래의 일도 아니다.
행복은 오로지 지금 현재이며 생활 그 자체이다.

'조화로운 삶'을 쫓는 사람이 많아질수록
그 사회는 평화의 밀도가 높아질 것이다.

무애가無㝵歌^{*)}

'무애가'하면 신라 때 원효대사가 생각난다.
"내 하늘을 받칠 기둥을 깎으리라"고 노래한 것이
태종 무열왕에게 전해져 요석공주와 사랑하게 되었단다.
그리고 마침내 대학자 설총이 태어났던 것이다.

원효는 이 일을 파계破戒라고 스스로 단정하였다.
속복에 표주박 들고 거리를 돌며 '무애가'를 불렀다고 한다.
'무애가' 유래만 삼국유사와 고려사 악지樂志에 전해온다.
가사는 전하지 않고 있다하니 안타깝기 그지없다.

그러면, '무애가'의 내용은 과연 무엇이었을까?

원효는 의상과 유학길에 당나라 남양 한 고총古塚에서
잠을 자다가 마신 물이 해골에 괸 물이었음을 알고
"인간사의 모든 것은 마음에 달렸으며, 사물 자체에는
정淨도 부정不淨도 없다"는 것을 크게 깨달았다고 한다.

그 내용을 가지고 다음과 같이 노래하지 않았을까?
모든 것은 마음에 달렸다. 검게 보면 검고, 희게 보면 희다.
얄밉게 보면 얄밉고 예쁘게 보면 예뻐진다.

---

^{*)} 무애가(㝵無歌); (불교) 막히거나 거칠 것이 없는 노래.

맑은 물 흐린 물이 따로 없다. 물은 물일뿐이다.
맑은 꽃 흐린 꽃이 따로 없다. 꽃은 꽃일 뿐이다.
사물의 맑고 흐림은 내 마음에 달려 있다.

아니면, 설총을 낳고 방랑생활을 했었는데
그 까닭을 다음과 같이 노래했을까?

태종 무열왕 부름 받고 구중궁궐에 들어갔네.
요석공주와 사랑하게 되고 그 사랑 버리고 떠나왔네.
스님도 속인이고, 속인 또한 스님이다.

막힘이 없는 노래 '무애가'는 원효가 주창한
통불교通仏教*)를 대중화하기 위한 수단이요,
방법이었을 것이라고 추측해 보기도 한다.

나는 요즈음에 와서 '무애가'를 부르고 싶다.
나는 남이요, 남 또한 나라고…
관리는 백성이요, 백성 또한 관리라고…

---

*) 통불교(通仏教);대립되는 불교의 교리를 보편적인 기준에 따라 '회통'시킴.
  회통(會通);불교 법문의 어려운 뜻을 알기 쉽게 해석 하는 일.

촛불명상

야영 이틀째 밤, 1년 중 낮이 가장 긴 하지夏至였다.
밤 9시가 되어야만 짙은 어둠이 드리워지고
야영의 하이라이트인 촛불 행사에 들어갔다.

'내가 누구이며 앞으로 무엇을 할 것인가'라는
주제로 자아 정체성 확립에 대한 염원이 있었다.

자신이 태어나서 자라온 은덕을 묵상하고
이에 대한 은혜 보답의 방법들을 생각해 보도록 하였다.

원형의 학급 대열이 잔잔한 파도로 변해가고 있었다.
'촛불명상' 감동이 어깨동무 통로를 통해 전원에게
전파된 일심동체一心同体의 파노라마 현상이 일어난 것이다.

2300여 년 전부터 인간과 인연을 맺은 촛불이 신비롭게도
21세기에 존재하면서 나의 심금을 울리니
촛불에 대한 연민의 정은 덧없이 클로즈업 되어졌다.

결혼식장에 가면 맨 먼저 행해지는 의식이 촛불 점화다.
생일파티, 회갑잔치 등의 각종 축하연에도 빠지지 않는다.

이러한 곳에 켜진 촛불은 분위기를 한층 멋스럽게 하면서
기쁨을 불러 일으켜 주고 주인공들 축복을 기원하게 된다.

아이러니컬(Ironical)하게도 촛불은 장례식장에도 켜진다.
상례喪礼의 장소에서 만난 촛불 이미지(Image)는
축하연 촛불 심상心象을 완전히 반전反転시켜 놓는다.

촛불 심지를 바라보면
추모追慕의 정이 밀려오고,
고인故人의 생전 모습이 슬픔의 여울로 번져 양어깨를 짓누른다.

종교의식, 일반인들의 기원祈願 때에도 촛불 켜기를 한다.
믿음의 신神께 가까워지기 위함일까?
소망이 빨리 이루어지기 때문일까?
촛불은 절로 경건한 마음이 들고 엄숙해지기 마련이다.

촛불은 인간 삶에 뗄 수 없는 물체로 영원히 존재할 성싶다.
경사慶事에는 밝은 빛을 발산하여 기쁨을 선사하고
애사哀事 때는 애처로운 자태로 참석자들의 심금을 울리며
기도祈祷 땐 신성한 눈빛으로 염원의 머리를 조아리게 한다.
촛불은 상서祥瑞, 축복의 표상이고, 기원의 매체인 것 같다.

촛불은 자신을 산화시켜 만상의 티끌을 모아 태운다.
여생을 촛불을 벗하면서 심전心田의 평온을 얻으리라.

인간과 분수分数

지난 가을 퇴근길, 우편함에서 우편물을 꺼내 들었다.
○○카드사에서 막내 녀석에게 보낸 현금서비스 안내서였다.
그날 밤 막내로부터 자초지종 이야기를 듣고 보니
수긍이 가는 면도 있지만 분수를 모르는 녀석이 얄미웠다.

일반적으로 '분수分数'는 두 가지 뜻으로 구분되어지고 있다.
하나는 '자기 처지에 마땅한 한도' 즉 분한分限이며

다른 하나는 '사물을 분별하는 슬기' 즉 분별分別로
'분수가 투철한 사람' 등으로 쓰이고 있다.

이순耳順을 살고 있는 지금 지나온 날을 회상해 보면
분한分限도 모르고, 분별分別도 없는 생활을 해온 것 같다.
때때로 내 처지도 모르고 행했으며 판단이 흐려지기도 했다.
분수分数를 지키지 못한 것이 자명하지 않은가.

요즈음에 다른 측면의 '분수'에 대하여 생각해 본다.
한자어까지 꼭 같은 '분수分数'이지만 수학용어의 '분수'가 있다.

수학에서 쓰고 있는 분수엔 '분모', '분자'가 있다
'나'는 분자요, 분모는 가족, 형제, 이웃, 사회, 국가이다.

세상의 모든 일과 온갖 사물이 복잡하고 무질서한 것 같지만
그 속에는 분자分子가 있고 분모分母가 있기 마련이다.

이러한 분수관계 성립이 곧 우주만상의 이치일 텐데
나는 그 의미를 깨우치면서 지금까지 살아왔던가.
시원스런 대답이 나오지 않아 안타깝다.

나는 간혹 가분수假分數가 되는 경우가 있었다.
가분수는 분자가 분모보다 더 큰 경우가 아니던가.
나는 가정이나 직장, 사회에서 가분수의 행동이 많았다.

결국, 나는 분한分限이나 분별分別의 분수가 되었던지,
수학용어의 분수가 되었던지
그것들이 내포하고 있는 참 뜻 이해가 부족했었다.
특히, 생활에서의 실천이 미약했음을 반성해 본다.

모든 사람들이 분수를 알고 분수를 지키며
진분수眞分數의 생활을 한다면 훨씬 더 좋은
유토피아가 건설될 수 있을 것 같다.

이순耳順의 삶

지천명이 엊그제였는데 이순耳順이라니 실감이 나지 않는다.
친지나 친구들이 회갑연回甲宴을 하라고 야단법석이었다.

'세월여류수歲月如流水'의 격랑 속.
표류하다 스러지는 인생이기에 이순耳順의 삶에 대하여
한 번쯤 생각해 볼 때가 온 것 같다.
귀耳가 순順한 시기이므로 노怒하지 않는 것이 특징이다.

잘못을 용서 빌면서 여생을 남에게 도움이 되도록 살리라.
인생 종착역을 인지하고 자각하는 처지임을 알며 살리라.
보다 양보하는 삶이고 보다 정리하는 삶이어야 한다.
이순耳順의 삶은 보다 원만한 삶이어야 한다.

너의 길 나의 길

어렸을 적 열 살 안팎 때의 일입니다.
숨이 차오르고 호흡이 곤란해서 편히 눕지도 못하시고
밤낮으로 탁자 앞에 앉아 생활하신 아버님이 생각납니다.

때때로 등을 두들겨 주고 팔다리를 주물러 드리면서
병환이 호전되기를 간절히 빌었습니다.
그럴 때면 아버님과 동일시 되어졌습니다.

'당신과 나'라는 이원적 개념이 없었습니다.
하지만, 세월은 야속하게도 5년이 지나서
아버님만 하늘나라로 가셨습니다.

벌거숭이 소꿉친구 모습들이 떠오릅니다.
예닐곱 명의 친구들은 현재 어느 하늘 아래서
어떻게 살고 있는지조차 알 수 없습니다.

뿔뿔이 자기 갈 길을 가다보니
소식마저 끊어진지 오래일 뿐입니다.
그들이 갈 길이 있고 내가 갈 길이 있기 때문일 것입니다.

30대 후반에 낳고 나를 길러주신
어머님이 내 곁을 떠나갔습니다.

태산이 무너지는 슬픔이 나를 짓눌렀습니다.
하늘 아래 오직 하나뿐인 어머님과 자식의 인연이지만
'당신의 길'과 '저의 길'은 다를 수밖에 없었습니다.

세상에 태어나고 성장하면서 활동하다가
늙어져 혼자서 죽어가는 인생길!

개별적 운명의 길은 바꿀 수도 대신할 수도 없으며,
제 마음대로 할 수도 없는 것입니다.
'너의 길, 나의 길'은 숙명적인 속성을 지니고 있습니다.

남과 더불어 살아가는 과정에서의 '너의 길, 나의 길'은
개인 중심적이면서도, 공통 지향성을 지니고 있습니다.
개인 중심적이면 인간관계가 조화를 이룰 수 없게 되고
공동체만을 위하면 자신의 개성적인 삶을 잃게 됩니다.

이순이 넘은 이제야
'너의 길 나의 길'은 운명적인 평행선이지만
양보의 미덕으로 조화를 이룰 때만
너와 내가 행복할 수 있다는 것을 깨우치게 되었으니
인생 지진아로서 한심스럽기 그지없습니다.

붉은 악마

서울에서 2002년 한일월드컵 축구대회가 개막되었다.
나라마다 응원단이 몰려와 연일 뜨거운 열기가 식을 줄 몰랐다.
'붉은 악마' 응원은 월드컵 축구대회의 새 명물로 등장되어졌다.

'붉은 악마'라는 어휘를 내가 접한 것은 꽤나 오래된 일인 것 같다.
1984년 세계청소년축구대회 4강에 오른
우리 축구 선수들 유니폼이 빨강이었다.

그 때 외국 기자들이 우리나라 선수들을 기사화하면서,
'붉은 악마'라고 칭하는데서 연유되어 졌다.

폴란드전서 '붉은 악마'는 경기장, 길거리에서 10만을 기록했다.
포르투갈과의 경기 때는 60만 명 이상이 붉은 복장을 하였고,
이탈리아와의 16강전에서는, 전국적으로 470만 명이나 되었다.

독일과의 4강전에는 700만으로, 우리 국민 중
'붉은 악마'의 응원을 따라하지 않는 사람이 몇 명이나 될까?

6월 내내 '붉은 악마'가 사랑스러워졌다.

나는 몇 십만 명씩 운집한 '붉은 악마'의 무리를 보면서
'함께 살아가는 행복'에 흠뻑 젖었다.

남녀노소를 불문하고 빨간 T셔츠를 입고, 태극기를 흔들면서
열광하는 모습을 보라. 이 보다 더한 '대한민국의 하나 됨'이
어디 있겠는가! 이순의 심전心田에 젊음을 샘솟게 한다.

우리 '붉은 악마'들의 질서정연한 입장 매너는 물론이고,
응원할 때의 모습은 그렇게 흡족할 수가 없었다.
다른 나라의 국기를 흔들면서 응원을 해주기도 했다.

그 뿐인가. 경기가 끝나고 나면 축구장을 말끔하게 치우고
정리하는 모습을 세계 어느 경기장에서 보았던가.

이제 '붉은 악마'는 월드컵 축구 응원의 모범적인 표상으로
국제축구연맹 역사의 한 페이지에 영원히 기록될 것이다.
멋진 율동으로 국민을 결집시키는 '붉은 악마'라고
그 힘이 코리아가 월드컵 축구대회 기적을 이룩했다고.

'대~한 민국! 짝짝 짝 짝 짝!'
지축을 울리는 '붉은 악마'의 고함소리가 있었기에
백의민족 얼이 한 곳에 모아져 4강의 신화를 이룩하였다.

'오~ 필승 코리아!'

말 한 마디

이순을 넘고 보니 더욱 조심스러워지는 것이,
'말'임을 새삼 느끼지 않을 수 없다.

내가 내뱉는 잔인한 말 한 마디가 상대방의 삶을 파괴하는
동기가 될 수도 있을 것이라고 생각되어 졌었다.
그리고 부주의한 말 한 마디가 갈등의 불씨가 된다.

'네, 그렇습니다'라는 말 한 마디는 유순한 마음을 일깨워주고,
'미안합니다' 말 속에서는 반성의 마음을 읽을 수 있다.
'덕분입니다' 한 마디 말에서는 서로 겸허한 마음을 갖게 하고,
'제가 하겠습니다'는 너와 내가 봉사의 정을 느낄 수 있으며,
'고맙습니다'는 우리 모두가 감사의 마음을 교감할 수 있었다.

'무언無言은 금이다'라는 말이 있지만, 겸손한 말 한 마디를
습관화해서 일상생활에 많이 쓰는 것이 좋을 성싶다.

'그렇습니다'/ '죄송합니다'/ '덕분입니다'/ '고맙습니다'
'수고하셨습니다'/ '제가 하겠습니다' 등.

정어린 말 한 마디로
행복스런 명랑사회가 건설되기를 기대해 본다.

도시 박물관

회갑을 맞아 서유럽 5개국을 순방하였다.
이곳 도시들은 전체가 한 마디로 '박물관'이라고나 할까?
수필 제목을 '도시 박물관'이라고 붙이고 나름대로 공통점을 찾아냈다.

모든 건축물이나 축조물들이 대리석으로 구축되어져 있는 점이었다.
스위스의 가옥이나 일부 교량이 목재였지만
그곳도 오래된 사원이나 고성은 대리석이었다.

다음에는 모든 문화재가 유구한 역사를 간직하고 있는 점이었다.
기원 2~3백년부터 중세 후반 사이에 만들어진 것들이 태반이었다.
해서, 오래된 것은 1800여 년이 넘었고
최근 것이라고 해도 300여 년의 역사를 간직하고 있었다.

그 사이 수많은 전쟁과 천재지변이 있었을 텐데
오늘날까지 보존되고 있는 것이 부럽고 샘나는 일이었다.

그들은 돌을 다루는 솜씨가 대단했었다는 점을 느낄 수 있었다.
도처에 널려있는 석제품들은 규모가 어마어마했고
밀가루 반죽으로 빚은 것처럼 세공되어져 있었다.

건축물들이 오랜 시간 속에서 만들어 졌다고 한다.
석재이므로 다듬고 짜 맞출 때 많은 시간이 소요될 것이다.
심지어는 150여 년 이상이 걸린 건축물도 있다고 한다.

문화재 복원도 오랜 시간을 들여 꼼꼼하게 진행한다고 했다.
석조물들이 퇴색하였더라도 페인트칠을 할 수 없으며
보기 흉하게 되면 많은 정성과 시간을 들여 때를 쪼아낸다.
그러기에 큰 건축물의 미화작업은 연중 지속되고 있는 실정이다.

고대 서양 문명의 꽃이 그리스에서 활짝 피고
이탈리아에서 만개 되었었다.
이러한 근대 서양문화가 유럽 전역에서 만발했다.
그리고 오늘날에 와서는
유럽문화가 세계문화의 원천이 되고 있는 것이다.

동양 문화권에 삶의 둥지를 튼 한 마리의 인생 철새는
10여 일 유럽에서 숨을 쉬면서 부끄러운 마음이 들었다.
반 만 년 역사를 간직한 문화민족이지만
세계적인 대규모의 유적이나 유물을 얼마나 간직하고 있는가?

이제라도 한민족의 문화재를 영구적인 관점에서
발전을 도모해 나가야 되겠다.

모든 삶의 흔적 그 자체가 훌륭한 문화유물이 되도록
모두 함께 노력해야 되겠다.

업그레이드

요즈음 '업그레이드'란 외래어 때문에 무척 혼란스러워졌다.
처음에는 컴퓨터에서 쓰는 전문 용어 쯤으로 생각했었고
나중에는 컴퓨터 기능을 개선한다는 뜻으로 받아들였다.

최근에는 사회 전반의 모든 생활 영역에 등장하는
단골메뉴가 되었고 심지어는 대화 속에서도
'업그레이드'라는 단어가 거부감 없이 쓰여 지고 있다.

나는 이러한 어휘를 적절하게 구사해 본 적이 없다.
시대감각이 둔해서일까?
아니면, 외래어에 숙달되지 않은 장애아일까?

비록 이순의 삶이지만 '업그레이드'에 대해서
'업그레이드' 해보고 싶은 충동을 느꼈다.

일상생활용어에서 '업그레이드'를 많이 찾아볼 수 있다
'새로운 발효공법으로 업그레이드된 뛰어난 신제품',
'패션 업그레이드', '자존심 업그레이드'등 무수히 많다.

모든 의사표현에서 '업그레이드'라는 낱말을 사용해야만
그 내용이 돋보여지는 것처럼 생각되는 세상이 된 것 같다.
이제부터라도 내 자신을 업그레이드해야 되겠다.

우선 하드웨어 업그레이드가 필요하리라.
오로지 죽는 그날까지 병마에 시달리지 않고
건강하게 살다가 떠나 갈 수 있도록 업그레이드할 것이다.

그러면서 소프트웨어 업그레이드도 함께 하리라.
정신적 업그레이드가 필요할 때다.
지금까지 살아오면서 잘못한 일들을 반성하고
앞으로 남은 시간을 가족과 남을 위해 더 노력하고 싶다.

이렇게 심신을 업그레이드할 때
'나'라는 한 개체의 컴퓨터는 여러 사람들에게
유익한 영향을 끼칠 수 있지 않을까?

이 세상 모든 사람들이 업그레이드에 참여하면 좋겠다.
미움 많은 사람이 업그레이드할 때는 남을 사랑하게 되고
중상모략 질투하던 사람이 업그레이드하면
이해, 존중, 협조하는 사람이 될 것이다.

욕하고 싸우기를 좋아하던 사람이 업그레이드할 때는
칭찬하고 평화를 위해 일하는 사람이 될 것 아닌가?

어른 없는 사회

최근에 신문을 보면 '어른 없는 우리 사회',
'어른 부재의 대한민국'이 안타깝기 그지없게 쓰여 지고 있다.
요즈음에 그 증세가 더욱 극심해지고 있다.

내가 배우고, 깨우치고, 체험하고, 가르치며 살아 온 것은
인간 삶의 기본 질서로 시종일관 '효경孝敬'이었다.

그러기에 배운 것이 도둑이라고 「효경」의 틀 속에서
현 사회의 모습을 관망하면서 걱정할 수밖에.

각 가정에서는 부모가 중심이 되어
모든 가족의 생활을 행복하게 이끌어간다.

옛날에는 리, 읍, 면, 동 단위별로 어른(지방유지)이 있었다.
각급 기관장들은 그 분들의 고견을 듣고 일을 처리했었다.

요즈음에도 자치단체별로 자문위원들이 존재한다.
하지만, 그 권위는 기관이나 당사자나 모두가 형식적이고
이권을 계산하면서 행동하니 존경을 받지 못할 수밖에

나라의 어른층이 없는 것 같다.
아니다, 어른층이 있기는 있다.

맨 위로 대통령이요, 다음에 각 부서 장관들이다.
이렇게 '국가의 어른'들이 있지만 어른답게 생각하지 않고
동급이거나 무시하는 일반 국민들의 의식이 문제이다.

우리 정치판을 동네 축구로 비유한 말을 들었다.
동네 축구는 어른격인 감독, 코치가 없다.
뿐인가, 선수도 일정하지 않고 들쭉날쭉이다.

그런데, 국민의 대표로서 대통령, 장관들, 국회의원들이
동네 축구놀이에 몰두하니 기가 막힐 노릇이다.

제멋대로 행동하면서 질서를 혼탁 시키는 동네 축구를
국민들이 따라하지 않도록 하루 속히 개선되어져야 한다.

우리 사회에 어른을 숭앙하는 운동이 벌어져야 되겠다.
물론, 잘못하면 비판하고 개선을 촉구해야 한다.
하지만 공동사회 어른이면 우선 믿고 존경하자.

이렇게 해서 어른이 존재하는 우리 사회가 건설된다면
모든 면에 질서가 확립되고 안정된 국민 생활이 펼쳐져
낙원이 이루어지리라.

에모틸(Emotile) 사회

영어에 대한 식견이 짧아 외래어가 나오면 이해가 어렵다.
요즘에는 영어를 쓰는 경우가 많아져서 더욱 황당할 때가 많다.
그 한 예가 '에모틸(Emotile) 사회'다.
미래학자인 에디드와이너가 예견했다고 한다.

'에모틸(Emotile) 사회'를 첫 대면했을 때는 매력적이었다.
난생 처음 듣는 단어이기도 하지만 '에모틸'이라는 어휘가
어딘지 모르게 마음을 이끄는 것이었다.

'에모틸'이란 정서(emotion)와 유동성(mobility)의 합성어이다.
여기서 정서는 창의성을 말하고, 유동성은 변화를 의미한다.
그러므로 '에모틸 사회'란 창조적으로 끊임없이 변화하는 사회다.

새로운 정신과 시스템들이 쉬지 않고 흐르며
상호작용해나가는 유동상태가 '에모틸(Emotile) 사회'다.

이러한 변화는 가치를 창출하는 근원이 달라진데 있다.
산업사회에서는 재화가 곧 자산이었으며
쌓아놓은 '양(量 : stock)'이 부富의 크기에 비례했다.
하지만, 요즈음 와서 새로운 부의 원천인, 정신과 지식은
축적이나 보유만으로는 아무런 힘이 못된다고 한다.

산업사회에서는 재화의 크기를 일정 시점에서 잰다.
그것이 곧 '스톡(stock : 양)'이다.

'에모틸 사회'에서는 일정기간 동안에 움직인 양을 잰다.
이것이 곧 '플로(flow : 활용)'다.

회전력과 유통 속도를 높일수록 힘이 증폭된다.
흐름의 효율성을 극대화시키는 현대문명은 인터넷이다.
자체가 '스톡'은 없고, 정보들로 연결된 망(network)일 뿐이다.
건물도 없지만 상품을 쌓고 물건을 나르는 일도 없다.
인터넷 그 자체가 쇼윈도고 매장인 것이다.

산업사회에서는 수리력과 분석력을 측정하는 지능지수(IQ)가
요구됐지만, '에모틸 사회'에서 유추지수(AQ)가 필요하다.

배후의 의미를 짚어내고 미래방향을 조망할 줄 아는 사람,
한 마디로 '창조 형 인간'을 요구한다.

81년 노벨상수상 로저스페리 주장대로
'에모틸 사회'에서는 수리적 "왼쪽 뇌" 보다는
사유의 "우뇌"를 잘 활용 해야겠다.

앙코르와트

세계 7대 불가사의에 뒤질 수 없다는
'앙코르와트'가 TV화면에 비춰졌었다.
5개의 탑당塔堂으로 이루어진 사원.
캄보디아 왕도王都에 있다.
1113년 부터 약 30년에 걸쳐서 건립되었다.

신의 세계를 지상에 구현하는 것으로,
회색사암의 조각품 등이다.
독창적인 조형과 약동적인 묘사, 파도치는 표현은
뛰어난 미술적 건축양식으로 평가받고 있다.

'앙코르유적'에서 백미白眉인 '앙코르와트'는
보수, 관리가 이루어지고 있는 것 같지만
다른 유적들은 겨우 진입로만 정리되어졌을 뿐이다.

너무나도 가슴 아픈 것은
조각 부분들이 훼손되어진 점이다.
또한 1~2백 년 된 나무들이
건축물을 뚫고 하늘 높이 치솟아 있으니
하루 속히 제거해야 되겠다.

다행히도 프랑스를 비롯한 선진국들이
유적을 하나씩 맡아서 보수 복원하고 있단다.

'앙코르와트'는 3번의 신비로움에 3번 놀라게 했다.
앙코르왕조가 오백년간 역사 속에서 사라진 신비!
한 탐험가에 의해 세상에 알려지게 된 신비로움!
중세 건축물로 뛰어난 조각과 부조의 신비로움!

이제 세상에 빛을 봤으니
그 빼어남과 아름다움 영원하여라.

천지天池의 속삭임

천지天池 답사 길, 내 인생 일대의 최고의 날이었다.
아침 일찍 '연변'을 출발하여 백두산을 향해 달렸다.
'장백산'으로 표기되어져 아쉬움을 자아냈다.

지프차에 몸을 싣고 '백두산' 등반에 올랐다.
몸을 비틀며 30여분 실랑이질을 하다 보니
백두산 정상 부근(해발 2,300m)에 내려놓는다.

허허벌판의 산등성이었다.
부석浮石으로 형성된 자갈과 모래 뿐이다.
45도 경사를 20여분 기어올랐다.

'만세'를 외치는 군중 틈새를 헤치고
해발 2,510m의 관일봉觀日峯에 올라섰다.
푸르다 못해 검은 빛깔로 비치는 드넓은 '천지天池'
2,3백 미터 절벽 발 아래 펼쳐져 있다.
보는 한 순간 호흡이 멈춰졌다.

호수를 병풍처럼 빙 둘러 싼 20여 개의 봉우리들이
우뚝우뚝 손짓하며 우리 일행을 반겨주었다.

장군봉(백두봉)이 지척이지만
오를수 없으니 기가 막힐 노릇이었다.

남북분단의 가슴앓이가 뼛속을 파고들 때
안내원이 변화무쌍한 백두산 일기를 속삭여 준다.
헌데, 안개 한 송이 피어오르지 않는
청명한 천지天池를 대면할 수 있었으니
복 받은 여행길이 아닐 수 없었다.

장엄하면서도 온화하고 미소를 잃지 않는 백두산!
한반도와 만주벌을 굽어보는 자비로운 얼굴!
존경과 사랑이 베어나서 안기고 싶은 어머니 품안!

뒤돌아보고 또 돌아보면서 내키지 않는
발걸음을 옮겨야하는 현실이 얄밉기만 했다.

북한 통해 '백두 봉' 답사해 볼지
통일이여 어서 오라.

야생화

목련의 계절 4월 중순.
'제1회 한국야생화 기획전'을 관람했다.
처음 대하는 나는 감탄사 연발이었다.
과科별로 분류 전시되어 알아보기가 수월했다.

난초과에는 해오라비란, 견목란, 비자란 등이 있었다.
해오라비란은 흰 꽃으로 해오라비가 날고 있다.
견목란은 둥근 노랑꽃에 새색시 볼연지 홍색이 찍혔다.
비자란은 꽃이 잎겨드랑이에 3송이씩 피어 앙증맞다.

백합과에는 은방울, 원추리 등 종류가 많았다.
이들은 모두가 꽃잎이 4~5개로 갈라져 피었다.
꽃의 색이 노랑, 흰색, 진노랑으로 달랐다.

미나리아제비과의 야생화 종류는 많고
색깔은 보라, 흰색, 분홍, 노랑 등 다양했다.
야생화의 신비로움에 오래도록 취해본다.

| 참고 문헌 |

- 신상철, 『수필문학의 이론』 제2편(서울, 삼영사, 1990)
- 정주환, 『현대수필창작입문』(전주, 신아출판사, 1990)
- 오창익. 『창작수필』 창간호(서울, 대웅출판사, 1991)
- 김덕일, 수필집1, 『혼자 두는 바둑』(서울, 대웅출판사, 1995)
- 김덕일, 수필집2, 『세수 하나마나』(서울, 교음사, 1998)
- 김덕일, 수필집3, 『너의 길 나의 길』(광주, 도서출판 한림, 2004)
- 이철호, 『수필창작이론과 실기』(서울, 정은출판, 2005)
- 이관희, 『창작문예수필이론서』(서울, 청어, 2007)
- 안성수, 『한국현대수필의 구조와 미학』(전주, 신아출판사, 2013)
- 윤재천, 『수필학』 제20집(서울, 도서출판문학관, 2013)
- 안성수, 『수필오디세이 Ⅰ』(전주, 신아출판사, 2015)
- 안성수, 『수필오디세이 Ⅱ』(전주, 신아출판사, 2015)